문지혁

2010년 단편소설「체이서」를 발표하며 작품 활동을 시작했다.
장편소설『초급 한국어』『비블리온』『P의 도시』『체이서』,
소설집『우리가 다리를 건널 때』『사자와의 이틀 밤』 등을 썼고
『라이팅 픽션』『끌리는 이야기는 어떻게 쓰는가』 등을 번역했다.
대학에서 글쓰기와 소설 창작을 가르친다.

중급
한국어

중급
한국어

오늘의 젊은 작가 42

문지혁
장편소설

민음사

차례

나의 첫 외국어,

채윤에게

1

자서전

1

자, 이렇게 시작해 볼까요?

자서전.
아마 많이 들어 보셨을 거예요. 자서전이란 무엇일까요?
맞습니다. 자기 스스로 자신의 삶에 관해 쓴 글이죠. 어떤 사
람들이 이런 걸 쓸까요. 그렇습니다. 전직 대통령. 전쟁 영웅.
성공한 기업인. 위대한 학자. 종교 지도자. 불굴의 영혼. 말하
자면 벤저민 프랭클린, 김우중, 헬렌 켈러, 마하트마 간디, 미
셸 오바마…… 같은 사람들이죠.

영어로는 오토바이오그래피라고 부릅니다. 칠판을 한번 보세요. 세 개의 단어가 들어 있죠. 오토(auto), 바이오(bio), 그래피(graphy). 오토는 자기 자신, 바이오는 삶, 그래피는 쓰는 거죠. 말 그대로 풀어 보면 자기가, 삶을, 쓰는 것. 이것이 자서전의 본래 뜻입니다.

하지만 생각해 보면 좀 이상하지 않나요? 자기가, 삶을, 쓰는 것. 사실 이건 자서전만의 이야기가 아니잖아요? 우리가 쓰는 모든 글은 실은 자기가, 삶을, 쓰는 것이니까요. 따라서 자서전은 백만장자 CEO나 유명 정치인, 특별하고 대단하고 빛나는 삶을 살았던 사람만이 쓰는 그런 글이 아닙니다. 어떤 글이든 우리가 쓰는 글들은 일종의 수정된 자서전이에요. 우리가 쓰는 모든 글은.

2

2017년 8월 5일, 나는 서울 강남구 언주로의 병원 5층 복도에 앉아 있었다. 막 8시를 넘긴 토요일 저녁이었고 복도에는 아무도 없었다. 병원에 도착한 지 꼭 열다섯 시간째. 새벽 4시에 진통을 시작한 아내를 차에 태워 병원으로 달려왔을 때만 해도 오늘 하루가 이렇게 길어질 줄 몰랐다. 열여섯 시간의 진통 끝에도 아이가 나올 기미를 보이지 않자 의사는 수술을 권유했다. 더 지체하면 산모도 아이도 위험해질 수 있어요. 번갈아 아내 위에 올라타 분만을 돕던 간호사 둘은 기진맥진한 것처럼 보였다. 어때? 내가 묻자 누워 있는 아내는 체념한 듯 고개를 끄덕였고 의사와 나는 잠시 분만실 밖으로 나왔다. 그녀가 내민 수술 동의서에는 무서운 말들이 잔뜩 적혀 있었다. 출혈. 감염. 혈종. 자궁무력증. 양수색전증. 2차 수술. 합병증. 장폐색. 호흡곤란. 저산소증. 사망.

"괜찮을까요?"

마지막 단어에 시선을 고정한 채 내가 묻자 의사는 펜을 건네며 답했다.

"나중에 비키니 입을 수 있게 해 드릴게요."

보호자 서명을 하고 나니 간호사가 이제부터는 나가서 기다려야 한다고 했다. 수술에 필요한 인원들이 수술실로 속속 모여드는 것을 보며 나는 병동을 빠져나왔다. 따로 대기실은 없어서 복도에 있는 벤치에 앉았다. 병원 로고가 새겨진 눈앞의 회색 자동문을 바라보는 것 말고는 할 수 있는 일이 없었다. 밤을 새운 탓인지 머리가 몽롱했다. 자동문에는 이렇게 적혀 있었다.

내일과 소망.

인생이란 고약한 농담을 즐기는 친구 같아서, 예기치 못한 순간에 예기치 못한 표지를 과거로부터 길어 올려 눈앞에 가져다 놓는다. 너, 이거 아직 기억하니? 하고 묻는 것처럼. 내일, 또 내일, 또 내일. 「맥베스」의 대사를 떠올리던 2012년의 여름에도 나는 그 단어를 생각하고 있었다. 시간은 날마다 아주 느린 속도로 기어가 기록된 마지막 음절에 다다른다는 그 대사에서, 셰익스피어가 쓴 '마지막 음절'이란 구절의 원래 뜻은 죽음이다. 나는 지금 어디로 가고 있는 걸까? 나의 내일은 어떤 모습일까? 나의 '세월의 책'에 기록된 마지막 음절은 과연 뭘까? 수술이 끝나기를 기다리는 그 몇십 분이 나에게는 영원히 흐르지 않는 시간처럼 느껴졌다.

마침내 울음소리가 들렸을 때 나는 어두운 핸드폰의 표면을 만졌다. 8시 35분. 8월 5일 토요일. 아무도 가르쳐 주지 않았지만 나는 그것이 내 아이의 첫 울음이라는 것을 알았다. 메모 앱을 열어 아이가 세상에 온 시간과 날짜를 기록했다. 그리고 그 순간 떠오른 「리어왕」의 대사, "우리가 태어날 때 우는 건 바보들의 거대한 무대에 오게 되었기 때문이야."를 이어서 급하게 타이핑하려는 순간, 눈앞의 '내일과 소망'이 양쪽으로 갈라졌다.

"들어오세요."

간호사가 갈라진 목소리로 말했다.

3

한국에 다시 들어온 것은 2013년 1월이었다. 공항에는 아버지와 지혜가 나와 있었고 우리는 별다른 말 없이 인천에 있는 엄마의 납골당으로 향했다. 사진 속 엄마는 너무 환하게 웃고 있어서 조금 이상하게 느껴졌다. 언젠가 고등학교 친구들과 떠났던 스페인 산티아고 순례길에서 찍은 사진이었다. 분홍색 바람막이 점퍼를 입고, 노란색 손수건을 목에 매고, 알이 지나치게 커 보이는 갈색 선글라스를 낀 엄마. 저마다 알록달록한 색색의 옷을 입었음에도 엄마와 친구들은 모르는 사람이 보면 구분할 수 없을 정도로 비슷하게 보였다. 이들 중에도 엄마를 여인숙이라고 불렀던 친구가 있을까?

'여민숙 권사'라고 새겨진 유골함 옆에는 묘비(혹은 그 비슷한 것) 대신 쪽지 같은 것이 놓여 있었는데, 거기엔 엄마가 생전 가장 좋아하던 성경 구절이 누군가의 손글씨로 적혀 있었다.

사람이 마음으로 자기의 길을 계획할지라도 그 걸음을 인도하는 자는 여호와시니라.
— 잠언 16장 9절

우리는 잠시 말없이 서 있었다. 눈을 감고 엄마를 떠올려

보려 했지만 왜인지 잘 되지 않았다. 방금 본 성경 구절만 머릿속에 맴돌았다. 사람이 마음으로 자기의 길을 계획할지라도…… 사람이…… 길을…… 계획할지라도. 사람. 계획. 길. 결국 세 단어가 남았다. 엄마의 계획은 뭐였을까? 엄마의 마음에는 어떤 길이 펼쳐져 있었을까? 나는 엄마가 산티아고 길을 걷는 장면을 상상했다. 엄마의 걸음걸이, 엄마 발에 차였을 모래, 뺨을 스치는 건조한 공기, 시원한 물을 떠올리게 하는 갈증, 리드미컬하게 반복되는 가쁜 숨소리 같은 것들이 어둠 속을 하나둘 채워 나가다가 어느 순간 쨍, 하고 깨졌다. 나는 그 조각들을 주워 모으려 했지만 손에는 아무것도 잡히지 않았다. 어둠 속에는 나뿐이었다.

눈을 뜨고 이제 그만 가자고 말하려 했을 때 지혜는 소리 없이 울고 있었다. 밖으로 나가자 차에 있겠다던 아빠는 뒷자리에서 잠들어 있었다. 창문을 두드렸더니 아빠는 죽었다가 다시 살아난 사람처럼 숨을 뱉으며 눈을 가느다랗게 떴다. 바람이 매서웠고 배가 고팠다.

4

그해 여름 나는 은혜와 결혼했다.

그리고 그때부터 지금까지, 그러니까 이 글을 쓰고 있는 2021년까지 은혜와 나는 결혼 생활을 지속하고 있다. 그사이 나는 등단하지 못한 채 두 권의 책을 낸 작가가 되었다. (대학원 때 주위들은 전문용어로는 무면허라고 하던가? 등단하지 않았지만 책을 낸 사람들. 하지만 나는 도로로 차를 몰고 나가지도 않고, 누구를 죽이지도 않는다.) H 선생님의 소개로 몇 년 전부터 강원도의 한 사립대학에서 글쓰기 강의를 시작했다. 시간강사가 다 그렇듯 밥벌이가 되는 일은 아니었다. 돈은 번역과 이런저런 아르바이트로 벌었다.

아이는 없었다.

처음부터 아이를 갖거나 갖지 않으려고 했던 것은 아니었다. 나쁘게 말하면 별다른 생각이 없었고, 좋게 말하면 자연스럽게 진행되는 편을 택했다. 한 사람이 아이 이야기를 꺼내면 다른 사람이 반대 의견을 내고, 얼마 지나지 않아 입장이 바뀐 채 찬성과 반대를 반복하는 식이었다. 그러는 동안 시간은 속절없이 흘렀다. 말하자면 크로노스가 카이로스로 바뀌는 일은 일어나지 않았다. 2014년의 어느 무더웠던 여름밤, 노원구 수락산 근처의 어느 오피스텔 복층 매트리스 위에서 은혜가 묻기 전까지는.

"나, 아이를 갖고 싶어."

"그런데?"

"당신 대답이 필요해. 어떻게 생각하는지. 이번에도 반대야?"

"글쎄. 거기에 대해선 계속 엇갈려 왔잖아? 이번엔 자기 순서인 것 같고."

"이제 끝내고 싶어."

"뭘?"

"이런 식으로 왔다 갔다 하는 거. 대답해 줘. 원해? 원치 않아?"

내가 대답을 주저하는 사이 은혜는 계속해서 말했다.

"원하면 내일 당장 같이 병원에 가자. 원치 않으면 나도 이제 더 이상 이 얘기 안 할게."

"아니 왜 그렇게 극단적으로……."

"원해? 원하지 않아?"

은혜가 나를 바라봤다. 이게 원한다고 되고, 원치 않는다고 안 되는 일인가? 그렇게 대답할 수 있나? 아이를 '갖는다'고? 아이가 우리의 소유물인가? 신형 아이패드나 구스다운 패딩을 사는 것처럼 '갖고 싶을 수 있는' 대상인가? 머리는 그렇게 생각했지만 입은 엉뚱한 단어를 말하고 있었다.

"원해."

5

내가 그때 왜 그렇게 말했는지는 아직까지도 잘 모르겠다. 변명하자면 나는 말한 것이 아니라 읽은 것이다. 은혜의 눈 속에 들어 있던 무엇을. 대화란 일종의 통과 발언(through-speech)이니까. 다이얼로그. 대화라는 단어 자체가 거기서 왔다. 'dia'는 무엇을 통해서, 'logue'의 어원인 'legein'은 말한다는 뜻이니까. 대화는 언어를 통해 이루어지는 행동이고, 따라서 그것은 '어떤 임무를 수행하는' 내적 행동이다.

나는 은혜의 말을 그대로 읽었을 뿐이다. 어쩌면 그녀의 행동을 따라 했다고, 받아들였다고 볼 수도 있다. 내가 읽은 그녀의 '통과 발언'은 이것이다.

나는 아이를 원해.

6

그러나 아이를 갖는다는 건 역시 신형 아이패드나 구스다운 패딩을 사는 것과 다른 일이었다. 세상에는 알고 있지만 겪기 전까지는 모를 수밖에 없는 일들이 있고, 아이를 갖는다는 것은 그런 종류의 일이었다. 2014년 여름에서 2016년

가을까지 만 2년여의 시간 동안 은혜와 나는 현대 과학기술이 허용하는 모든 종류의 약품과 주사와 시술과 수술을 시도했다. 우리 부부는 소위 말하는 '난임'이었고, 이유는 '원인 불명'이었다. 이해하기 힘든 말이었다. 원인 불명이라는 말이 이유가 될 수 있나? '답 없음'을 답이라고 부를 수 있을까? 답답한 나머지 어느 날 내가 진료 도중 우리 같은 난임 부부가 왜 생기는 거냐고 물었을 때, 남자 의사는 친절하지만 단호한 어조로 정정해 주었다.

"난임이 아니라 불임입니다. 의학적으로 난임이라는 말은 없어요."

그의 말에 따르면 우리는 난임 부부가 아니라 불임 부부였다. 의학적 의미에서 불임은 피임을 하지 않는 부부가 12개월 이내에 임신에 도달하지 못하는 경우를 말합니다. 의사가 덧붙였다. 원인을 알 수 없는 일, 이유가 없는 일에 우리가 할 수 있는 일은 없었다. 고개를 끄덕이고, 다음 진료부터 담당 의사를 바꾸는 것 외에는.

7

고대 그리스 사람들은 생명, 혹은 삶이라는 개념을 적어도 두 가지 단어로 나누어 불렀습니다. 하나는 조에(zóé), 다른 하나는 바이오스(bios)입니다. 모두 영어로 번역하면 라이프(life)라는 단어에 해당하는 것인데요, 의미는 조금 다릅니다. 학자마다 다르게 해석해서 의견이 분분하기도 하고요. 어떤 사람은 조에를 영적이고 영원한 생명, 바이오스를 생물학적인 생명으로 구분하고(특히 신학적인 관점에서 그렇습니다.), 어떤 사람은 조에를 호흡이나 체온과 같은 삶의 기능, 바이오스를 사회적이거나 정치적인 삶의 방식으로 나누기도 합니다. 분명한 것은 이 두 가지가 서로 다른 삶과 생명의 측면을 의미한다는 점이고, 결국 우리의 생명은 조에와 바이오스의 결합 속에서 비로소 구체화된다는 점이겠지요.

그렇다면 한국어에서는 어떨까요?

생명과 인생이라는 뜻을 담고 있는 한글 단어 '삶'을 보면 흥미로운 자음들이 보입니다. ㅅ, ㄹ, ㅁ인데요. 미국에서 한국어 수업 시간에 이 단어를 처음 알려 주었을 때 학생들이 보였던 반응이 생각납니다. 간단한 단어에 뭐가 이렇게 많이 들어 있냐는 거였죠. 어떤 학생은 그러더군요. 압축파일 같아요! 맞습니다. '생(生)'이라는 한자어도 있지만 '삶'은 보다 복잡하고 복합적이죠. 정보값이 많습니다. 네모 칸을 꽉 채우잖아요. 이걸 풀어 볼까요?

이 압축파일을 푸는 방법은 어렵지 않습니다. 첫 번째 모음 ㅏ만 있으면 되거든요. 위쪽 '사'를 그대로 두고 ㄹ과 ㅁ에 ㅏ를 집어넣는 거죠. 그럼 뭐가 나오나요? 그렇습니다. 사람. 삶 속에는 사람이 들어 있어요. 반대도 마찬가지고요. 비슷한 단어도 생각납니다. 어떤 걸까요? 그렇죠, 사랑. ㅁ을 ㅇ으로 만 바꾸었을 뿐인데 사람에서 사랑이 되었어요. 말하자면 압축이 두 번 풀린 거지요. 어쩌면 삶에 ㅏ를 더하고, 다시 ㅁ을 ㅇ으로 바꾸는 게 우리 인생의 전부인지도 모르겠어요. 다시 말해 '아'라는 깨달음의 열쇠 하나만 있으면 이 두 번의 압축을 풀 수 있는 거죠. 여러분의 생각은 어떤가요? 삶이란 무엇인가요? 삶은?

아…….

계란 아닙니다. 리튬(Li)과 철(Fe) 아니에요.

(침묵)

8

조에든 바이오스든 하나의 생명을 이 땅에 오게 하는 일은 왜 이리 어려울까? 아니, 왜 우리에게만 이토록 어려울까? 세상의 한쪽에는 원치 않는 임신으로 고통받는 사람들이 있다. 동시에 세상의 다른 한쪽에는 간절히 임신을 원하지만 언제나 실패하는 사람들이 있다.

사타구니에 젤리를 바르고 누워 음낭 초음파 검사를 받으며 나는 그런 생각을 했다. 불임의 '내 쪽' 원인인 정계정맥류를 확인하기 위해서였다. 젤리는 세상만큼 차가웠고 초음파 탐촉자는 비포장도로처럼 거칠었다. 매일 배에 스스로 주사기를 찔러 넣고 질정을 넣어야 하는 아내에 비하면 이건 아무것도 아니라고 마음속으로 되뇌었지만, 이후 이어진 진료에서 중년의 비뇨기과 의사가 간호사 앞에서 바지를 내리고 메추리알 같은 내 작은 고환 두 개를 구슬 만지듯 주물렀을 때 나는 조금 울고 싶어졌다.

— 애매한데.

의사는 내린 바지를 올려 주지 않은 채 의자를 밀어 자신의 자리로 돌아가며 말했다.

— 수술이 필요할까요?

의사는 내 말을 듣지 못한 것 같았다. 그는 초음파 사진으로 보이는 시꺼먼 화면을 바라보고 있었다. 주섬주섬 바지를 올려 입은 내가 그의 앞에 앉았을 때도 마찬가지였다. 나는 한 번 더 묻기로 했다.

— 해야 할까요? 수술?

의사는 고개를 돌리더니 안경을 반쯤 내려 내 얼굴을 바라보며 말했다.

—뭐, 하려면 해도 돼요. 근데 이 정도는 좀 애매해서. 해도 좋아진다는 보장은 못 하겠네.

—그러면 어떻게…….

—본인 선택이지.

의사는 안경을 똑바로 올려 썼다. 나는 뭔가 더 묻고 싶었지만 무엇을 물어야 할지 몰라 가만히 앉아 있었다. 곧 간호사가 일어나더니 문을 열었다.

9

애매하다는 말은 비뇨기과에서만 들은 게 아니었다. 그때까지 나는 두 권의 책을 냈는데, 책을 낼 때마다 '애매하다'는 평을 들었고 나에게 애매하다는 말은 그 자체로 애매하게 들렸다. 그렇게밖에는 설명할 수 없었다. 애매하다는 건 대체 뭘까? 답답한 마음에 사전을 찾아보기도 했다.

애매하다

1. (말이나 태도가) 이것인지 저것인지 분명하지 못하다.

2. (의미나 개념이) 명확하지 못하다.

하지만 사전을 봐도 의문은 가시지 않았다. 애매하다는 말이 저렇게 정확하게 정의될 수 있을까? 애매하다는 것은 애매하기 때문에 애매하다고 말할 수밖에 없는 것 아닐까?

미국에서 돌아왔을 때 나는 애매한 사람이었다. 작가도 아니었고, 그렇다고 글과 관계없는 일반인도 아니었다. 지망생이라고 하기엔 너무 오래, 깊이 들어와 있었고, 작가라고 하기엔 등단도 수상도 하지 못한 상태였다. 나 같은 사람을 뭐라 불러야 할까? 작가 준비생? 문학 관련자? 작가가 되고 싶지만 아직은 되지 못한, 그래도 지망생보다는 조금 더 진지하고 필사적이며 종종 최종 심사에 이름을 올리기에 언젠가 등단을 할지도 모르는 예비 작가?

그즈음 나는 "21세기에 작가가 되려는 놈들이 신춘문예나 하고 앉아 있다."는 어느 스타 작가의 일침을 뼈아프게 받아들이기로 했다. 맞는 말이었다. 기득권의 호명을 받아야만 진입할 수 있는 세계란 얼마나 닫혀 있는가? 문학이란 본래 자유롭고 다양한 생태계이자 스펙트럼 아닌가? 21세기에 작가가 되려는 사람은 자신만의 방식으로 작가가 되어야 하지 않을까? 일간지 인터뷰에서 작가는 그런 취지로 말했고 그의 말은 표면상 거친 부분이 없지 않았지만 그것조차 근사하게 느껴졌다. 겉으로는 무심해 보이지만 속은 따뜻한 츤데레 느낌이랄까. 그가 신춘문예 3관왕에 각종 문학상을 수상했다는 것을 진즉 알아봤어야 했는데. 그땐 몰랐다. 성공한 자만이 할 수 있는 기만이라는 게 있다는 걸.

어쨌든 그때부터 나는 지금껏 써 온 모든 소설들을 정리하여 출판사에 투고하기 시작했다. 오랫동안 떨어지다 보니 좋은 점은 재고가 잔뜩 쌓여 있다는 것이었다. 50편이 훌쩍 넘는 단편과 대여섯 편에 이르는 장편을 출판사별로 나누어 발송하고, 담당자에게 최대한 건조하고 공손한 이메일을 남겼다. 그중 뭐라도 걸리겠지. 나를 알아봐 주는 곳이 있겠지. 전송 버튼을 누를 때마다 낙관적으로 생각하려고 노력했던 것 같다. 그리고 한 달이 지난 후, 놀랍게도 몇 군데 출판사에서 연락이 왔다. 첫 두 개는 정중한 거절의 메시지였지만, 세 번째는 그렇지 않았다.

안녕하세요, '골든펜슬' 편집장입니다.

보내 주신 투고 원고 잘 받았습니다. 결말이 뭔가 되다 만 것 같아서 아쉬운 마음이 없지 않지만, 아직까지 국내 작품으로는 이런 설정이 많지 않으니 진행해 보면 좋겠다는 생각입니다.

시간 나실 때 한번 회사로 오시면 좋겠습니다.

뛸 듯이 기쁠 줄 알았는데 막상 긍정적인 답신을 받고 나니 그렇지 않았다. 오히려 온몸에서 힘이 쭉 빠져나가는 느낌이었다. 이렇게 쉬운 거였다고? 그냥 원고를 보내기만 했을 뿐인데? 이런 방법이 있었는데, 진작 해 보지 않고 엉뚱한 방향으로 콘크리트에 곡괭이질을 하고 있었다고 생각하니 허탈해졌다. 이메일 중간에 "결말이 뭔가 되다 만 것 같아서 아쉬운 마음이 없지 않지만" 같은 구절도 마음을 어지럽혔다.

편집장이 선택한 원고는 SF 장편으로, 오생산되어 '영혼'을 갖게 된 안드로이드가 수많은 우여곡절 끝에 자신의 정체성을 발견하는 내용이었다. 며칠 후 나는 회사에 가서 편집장을 만나 이야기를 나누고 계약서에 서명을 하고 돌아왔다. 그는 문학 편집자보다는 IT 기업의 과장 같은 사람이었다. 몇 주 후 첫 교정지가 도착했고, 몇 달 후에는 표지 시안을 골랐다. 모든 것이 예정되었던 것처럼 순조롭게 진행되었다. 그리고 내가 처음 이메일을 보낸 지 꼭 일곱 달 만에, 3년간 16기가바이트짜리 샌디스크 USB에만 들어 있던 문서파일은 '체이싱 유'라는 제목으로 세상의 빛을 보게 되었다.

책이 온라인 서점에 등록될 때까지 나는 하루에도 수십 번씩 사이트를 들락날락했다. 마우스 버튼에 땀이 묻을 정도로 새로고침을 클릭하고, 이름 석 자를 검색창에 쳐 넣었다. 그리고 마침내 엔터와 함께 내 소설이 화면에 나타났을 때 나는 소리를 질렀다. 그 후로는 그만두는 게 아니라 그 과정을 반복하는 게 일상이 되었다. 이름을 검색하고, 책을 클릭하고, 세일즈 포인트와 독자평을 확인하는 자동화된 과정의 반복. 놀랍게도 이틀 만에 첫 100자평이 달렸다.

SF로나 순수문학으로나 기준에 형편없이 못 미치는 조잡하고 애매한 소설입니다. 이것도 저것도 아니에요. 스토리 별로, 소재 빈약, 주제 실종에 무엇보다 더럽게 재미가 없습니다.

10

아이가 생기지 않는 시간이 길어질수록 나는 더 위악적으로 굴었다. 마치 아이를 갖고 싶지 않은 것처럼, 처음부터 이 일에 흥미가 없었던 것처럼. 인터넷으로 『아이 없는 완전한 삶』이라는 책을 사서 부모님들을 만날 때마다 들고 다니며 읽었다. 아버지는 못 본 척했고 장모님은 안방으로 들어갔다. 장인어른은 한마디했다. 그 책 재밌나? 은혜는 주로 한숨을 쉬었다. 내가 실제로는 그 책을 30페이지도 읽지 않았다는 사실은 아무도 몰랐다. 물론 그중에서도 인상적인 구절이 있었는데, 요약하자면 이런 거였다. 만약 인생이 놀이공원이라면, 아이를 키우는 건 거대한 롤러코스터와 같다. 어떤 사람들은 그걸 안 타면 중요한 경험 하나를 놓치는 거라고 말한다. 그러나 모든 놀이 기구를 다 타 볼 수는 없는 노릇이다.

그러면서도 우리는 계속해서 과정을 진행했다. 인공수정으로 두 번 실패한 다음에는 체외수정, 소위 말하는 시험관시술로 넘어가서 다시 두 번 실패했다. 그사이 병원이 두 번, 의사가 세 번 바뀌었다. 은혜에게 네 번째 시도가 실패했다는 소식을 문자로 전해 들었을 때 나는 이렇게 답장했다.

—등단이랑 임신이 서로 싸우는 것 같네. 아무래도 나 때문인가 봐. 나는 실패할 운명을 타고났거든. 미안해.

내 자조적인 신세 한탄에 대개는 너그러운 은혜였지만 이 메시지에는 그렇지 않았다.

—실패라는 말 취소해. 지금 당장.

손가락을 기다리는 작은 화면 속 키보드와 검은 빈칸 앞에서 깜빡거리는 푸른 막대기를 바라보며, 나는 생각했다. 실패란 무엇인가? 이걸 실패라고 부를 수 있을까? 한 생명이 이 세상에 오기를 거부하는 것은 실패인가? 누구의 입장에서 실패인가? 아이가 혹시 태어나고 싶지 않았다면? 상당수의 임신이 초음파상으로 아기집이 관찰되기 전에 종료되고, 이것을 화학적 유산, 혹은 학술적으로 생화학적 임신 소실이라고 부른다. 태아가 사망한 채로 자궁 안에 남아 있으면 계류유산이 된다. 그렇다면 이것을 아이가 스스로 태어나기를 거부했다고 말할 수는 없는가? 우주와 자연이 아이를 선택하지 않왔다고? 도리어 아이는 세상에 태어나지 않는 데 성공한 것이 아닌가?

11

2016년 11월 19일, 언주로의 한 카페에서 은혜와 나는 커피 두 잔을 앞에 두고 마주 앉아 있었다. 다섯 번째 시술이 끝난 지 열흘이 지났고 몇 시간 전 병원에서 혈액검사를 하고 나온 뒤였다. 최종적으로 임신인지 아닌지를 판별한 뒤 걸려 올 병원 전화를 기다리면서 우리는 천천히 커피를 마셨다. 대화는 간헐적으로 이어지다가 마침내 끊겼다. 유리 밖으로 노란 은행잎들이 어지럽게 흩어져 있었다.

테이블 위에서 은혜의 전화가 진동하자 우리 사이의 공기는 급격하게 달라졌다. 마치 시간에 금이 가기라도 한 것처럼 이전의 시간은 사라지고 새로운 차원의 시간이 열리는 것 같았다. 지난 네 번의 경험처럼 이 특별한 순간도 이대로 곧 닫히고 말 것인가? 아니면 정말 뭔가가 일어나 우리를 크로노스에서 카이로스로 데려다 놓을 것인가? 은혜가 핸드폰을 귀에 가져다 댔다. 아, 네, 아, 네……. 짧은 대답들이 반복됐다. 표정과 목소리만으로는 어떤 말들이 오갔는지 알 수 없었다.

은혜는 이 사이로 혀를 살짝 깨물었고, 그때 그녀의 눈동자에 저물어 가는 주홍빛 햇빛이 반사됐다. 그녀는 핸드폰을 내려놓고 두 손으로 얼굴을 감싸 쥐었다. 나는 뭐라고 묻는 대신 남은 커피를 천천히 마셨다. 이미 산화된 아메리카노는 쓰고 차가웠다.

"바뀐 거 아니겠지?"

손가락 사이로 은혜의 목소리가 뭉툭하게 흘러나왔다. 그말은 됐대, 라는 말보다 더 확실하게 우리를 새로운 시간 속으로 밀어넣었다.

다섯 번째.

은채는 다섯 번째 아이였다.

12

2021년 3월 1일, 나는 강의 계획서를 앞에 두고 '자서전'이라고 이름 붙인 1주차 수업을 준비하고 있다. 매 학기 비슷한 커리큘럼으로 진행하는 수업이지만 새로운 학생들을 만날 때면 언제나 낯선 흥분과 설렘, 동시에 익숙한 두려움과 불안을 느낀다. 더군다나 지난 한 해 전체를 코로나 팬데믹으로 인한 대혼란 속에 보낸 터라 더욱 그렇다. 올해는 일단 대면 수업으로 시작한다. 하지만 계속 그렇게 할 수 있을까? 중간에 코로나 상황이 악화되면 비대면 수업으로 전환해야 할까? 학생들의 의견은 어디까지 수렴해야 할까? 다수결로? 단 한 사람이라도 비대면을 원한다면? 수업 내용과는 상관없는 고민들로 생각이 길어진다. 텍스트로 사용하는 올리버 색스의 에세이 『고맙습니다』는 어느새 팔받침이 되었다. 화면에는 오토, 바이오, 그래피라는 글자들이 벽지의 무늬처럼 붙어 있다.

그때 방문이 벌컥 열리더니 은채가 들어와 책상 위에 종이 한 장을 올려놓는다.

"이게 뭐야?"

아이는 이미 돌아서 방을 빠져나가며 소리친다.

"아빠 얼굴!"

글쓰기의 과정과 기술

13

글쓰기는 일종의 여행이에요. 갔다가 오는 것, 이것이 서사의 기본 구조죠. 여기 칠판을 볼까요?

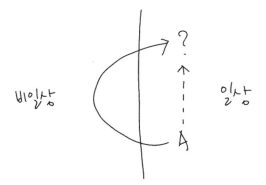

주인공 A는 오른쪽의 일상에서 왼쪽의 비일상으로 갔다가 이렇게 반원을 그리며 다시 일상으로 돌아옵니다. 익숙한 곳을 떠나 낯선 곳으로 향했다가, 처음 떠났던 원래의 자리로 귀환하는 거예요. 여행처럼요. 하지만 정확하게 떠났던 그 자리로 돌아오는 건 아니죠. 그럼에도 보면 이 반원의 지름만큼 다른 위치로 돌아오게 되잖아요? 도착 지점에 미세한 변화가 생기는 겁니다. 마치 오랫동안 여행을 다녀온 우리가 조금 다른 사람이 되어 있는 것처럼요. 그러면 돌아온 A는 뭐가 될까요? B? C? 아니면 그대로 A?

만약 A가 제대로 된 여행을 다녀왔다면 아마 A는 A'가 되어 있을 거예요. 작지만 분명한 변화를 겪게 되는 거죠. 진짜 여행은 우리를 변화시킵니다. 마찬가지로 좋은 이야기는 결말에 변화가 들어 있어야만 해요. 작품의 주제, 작가의 최종 메시지가 거기 들어 있으니까요. 왜 직접 말하지 않냐고요? 작가는 하고 싶은 말을 직접 하지 않습니다. 그래선 안 돼요. 그저 주인공의 마지막 변화를 통해 자신의 메시지를 독자와 관객에게 '보여 주는' 거죠. 돈 텔, 벗 쇼. 앞으로 지겹게 듣게 될 말일 거예요. 말하지 말고 보여 줘라. 직접 들이밀지 말고 간접적으로 넌지시. 이상하게 들릴지 모르지만, 소설이란 하고 싶은 말을 끝까지 하지 않는 거예요. 다른 좋은 예술도 마찬가지고요. 설명하거나 가르치려 들면 끝나는 거죠.

……네? 그러면 패키지 여행은 뭐냐고요?

(정적)

음, 패키지 여행은 A가 A로 남는 여행이죠. 먹여 주고 태워 주고 재워 주고. 일상을 떠나 낯선 곳에 도착했는데, 패키지 여행에는 비일상의 공간에 응당 있어야 할 고통과 갈등, 혼란과 시행착오, 문제와 어려움이 없잖아요? 그러니까 그 여행은 일종의 유사 여행, 쉽게 말해 가짜 여행이지 않을까요? 말하자면 나쁜 이야기인 거죠. 하고 싶은 말이 없는 이야기. 영혼 없이 상대가 듣고 싶은 말만 들려주는 이야기. 끝내 주인공이 달라지지 않는 이야기.

혹시 패키지 여행을 다녀와서 인생에 큰 변화를 맞이한 사람 있나요?

……제발 없다고 말해 주세요.

14

H 선생님이 소개해 준 학교까지는 차로 세 시간 반이 걸렸다. 강원도 중에서도 동해에 맞닿아 있는 도시였다. 11시 수업을 하기 위해서는 늦어도 7시 30분에는 집을 나서야 했다. 밤늦게까지 깨어 있는 생활 패턴으로 너무 오래 살아온 터라

처음에는 적응이 쉽지 않았다. 군 시절 이후 그렇게 일찍 일어나 본 것은 처음이었다.

도착하면 내리 여섯 시간 동안 3학점짜리 수업 두 개를 했다. 수강생은 다르지만 내용은 같은 수업이었다. 글쓰기. 차이가 있다면 첫 번째 수업은 국어국문학과 전공수업이고, 두 번째 수업은 다른 과 학생들도 신청할 수 있는 교양수업이라는 점이었다. 점심시간이 있는 학기도 있었지만 그렇지 않은 학기도 있어서, 두 수업이 붙어 있는 학기에는 10여 분쯤 되는 쉬는 시간에 에너지바와 커피를 먹으며 하루를 버텼다. 수업을 마치고 근처 식당에서 허기진 배를 채운 다음 고속도로에 오르면 어김없이 졸음이 몰려왔다. 나는 '깜빡 졸음! 번쩍 저승!' 같은 섬뜩한 문구를 몽롱한 눈으로 바라보며 운전을 했다. 서울에 도착할 즈음이면 날이 완전히 저물어 있었다.

수업은 일주일에 하루였지만 수업 준비는 일주일이 걸렸다. 강의 내용을 준비하는 것도 있지만 그보다는 학생들의 글을 읽고 피드백을 주는 것이 주된 일이었는데, 수업마다 스무 명 넘는 학생들이 들어와 있어 때로는 버겁게 느껴지기도 했다. 무엇보다 가고 돌아오는 일 자체가 나에겐 늘 부담스러운 여행이었다. 아침에 일어나 세 시간 반 동안 운전을 하고, 여섯 시간 수업을 하고, 다시 세 시간 반 동안 돌아오는 여정. 갔다가 돌아오지만 내가 어떻게 변했는지는 결코 알 수 없는, 선택할 수 있다면 선택하고 싶지 않은, 그러나 피할 수 없는 패키지 여행.

15

강의를 실제로 맡긴 사람은 H 선생님의 친구이기도 한 A 선생이었다. 그녀는 50대 중반으로, 국어국문학과 학과장을 맡고 있었다.

"학과장이 뭐 있어요? 다들 맡기 싫어하니까 그냥 내가 계속하는 거지. 귀찮은 일만 잔뜩이고."

자신을 학과장이라고 소개하자마자 A 선생은 덧붙였다. 80년대 중반 학번인 H 선생님 동기라고는 생각하기 어려울 만큼 앳돼 보이는 얼굴이었다.

"문 선생은 서울에서 오죠? 운전해서 오나?"

내가 고개를 끄덕이자 A 선생은 다소 과장되게 주위를 가리키며 말했다.

"수업 끝나면 여기 학과장실에 들어와서 편히 쉬어요. 강사들이 갈 데가 없잖아. 박 조교?"

그녀는 밖에 있는 조교를 불러 내가 오면 언제든 학과장실을 열어 주라고 지시했다. 나는 괜히 민망해져서 고개를 돌리다가 지시 사항을 듣고 있는 조교와 눈이 마주쳤다. 윙크도 악수도 하지 않았지만 순간 우리 사이에 묘한 의사소통이 이뤄졌다. 박 조교도 나도 알고 있었다. 나는 결코 학과장실에 오지 않을 것이며, 그 역시 절대 문을 열어 줄 일이 없으리라는 것을. 짧은 눈맞춤 후에 나는 희미하게 안심했다.

16

처음 학교 이름을 듣고 지도에서 위치를 찾아보았을 때 나는 조금 당황했다. 집에서부터의 거리가 257킬로미터였고, 대중교통으로는 네 시간 20분이 걸린다고 나왔기 때문이었다. 버스와 지하철, 기차를 갈아타며 간다면 거의 첫차를 타고 나가야 했고, 돌아올 때 역시 막차를 탈 수 있을지 걱정해야 했다.

당장 중고차를 알아보기 시작했다. 한국에선 차 없이 살 수 있을 줄 알았는데, 그건 서울 안에서나 가능한 일이었다. 사정을 듣고 대구에서 큰 중고차 업체를 운영하는 아내의 막내 외삼촌이 차를 알아봐 주었다.

─이 세 개 중에 골라 본나. 다 괜안타.

아내의 핸드폰에 자동차 사진 세 장이 들어왔다. 2009년형 은색 소나타. 2011년형 흰색 아반테. 2007년형 하늘색 골프. 마지막 차를 보는 순간 나는 움찔했다. 미국에서 귀국을 준비하며 딜러에게 서둘러 팔아넘겼던 똑같은 모델의 차가 생각났다. 그건 마치 신의 썰렁한 농담 같았지만, 이번에는 내가 웃어 주기로 했다. 길게 생각하지 않고 아내에게 세 번째 차로 하겠다고 전하자 외삼촌이 답장했다.

— 그중엔 그게 제일 별론데? 괜찮겠나?

그다음주에 나는 KTX를 타고 대구에 내려가 차를 가지고 올라왔다. 차값은 870만 원. 미국에서 8900달러에 팔았던 차를 한국에서 비슷한 가격에 되찾은 기분이었다. 물론 가솔린 2500시시가 디젤 1600시시로, 6세대가 5세대로, 2010년형이 2007년형으로 바뀌었지만, 나는 운전하는 내내 뭔가 연결되어 있다는 느낌 속에서 서울로 돌아왔다. 점과 점을 잇는 것이 인생이라고 했던가. 핸드폰 내비게이션 속 점은 아주 천천히 목적지에 가까워지고 있었다.

17

학교가 멀다 보니 오가는 길에 다양한 일이 벌어졌다. 봄 학기에는 봄나들이 버스가, 가을 학기에는 단풍 구경 버스가 많다는 사실(종합하면 사람들은 1년 내내 늘 어딘가로 놀러 다닌다는 사실)을 알게 되었고, 도로에서 크고 작은 사고가 일어나기도 했다.

한번은 4중 추돌사고가 일어나 정체가 오래 지속되는 바람에 수업에 늦은 적이 있었다. 마음이 급해져 조교에게 사정을 간략히 설명하는 문자를 보내고, 한참 뒤 현장을 빠져나온 다음에는 어떻게든 속도를 내 달렸다. 그때 조교가 전화를 걸어왔다.

─선생님, 어디쯤이세요?

나는 변명하듯 답했다.

─이제 저 앞에 정문 보여요. 5분 후면 교실에 도착할 수 있을 것 같은데요.

─아…….

─왜요?

─학생들이 좀 설레어 하는 것 같아서요.

시간을 보니 11시 15분이었다.

학부 시절 나도 선배들이 가르쳐 준 관습에 참여한 적이 있다. 요약하면 수업 시간 15분이 지나도록 교수가 들어오지 않으면 칠판에 '휴강'이라고 쓰고 나가 버리라는 것이다. 지금처럼 모두가 통일된 시간을 지니고 있지 않을 때라 다들 저마다의 시계를 들여다보며 시간이 15분에 가까워지면 서로 눈

치를 봤다. 교수가 지금 문을 열고 들어온다면? 괜히 나섰다
가 교수한테 찍히기라도 하면? 그러다 어느 용기 있는 학생이
나가 커다란 글씨로 칠판에 ㅎ을 쓰기 시작하면 박수가 쏟아
지기도 했다. 신이 나서 교실을 빠져나오다가 복도에서 빠른
걸음으로 걸어오는 교수와 마주친 적도 있었다.

　……그런데 지금 이 아이들은 그걸 어떻게 아는 거지?

　전화를 끊지 못하고 머뭇거리는 박 조교에게 내가 말했다.

　—아직 가지 말라고 전해 주세요. 금방 간다고.

18

　정문에 들어서서 인문대학 쪽으로 우회전한다. 한참 직진
해서 가다 보면 바다와 거의 닿을 듯한 지점에 성냥갑처럼 생
뚱맞게 생긴 건물이 하나 서 있다. 교실은 3층의 인문학 강의
실. 나는 차를 대충 세우고 달리듯 걸어 건물 안으로 들어간
다. 3층에 이르러 교실 문을 열기 전, 계단을 올라오느라 흐
트러진 숨을 가다듬기 위해 고개를 창 쪽으로 돌린다. 이 강
의실의 가장 좋은 점은 바다가 보인다는 것. 동해 바다, 태평
양과 맞닿은 그 거대한 푸른색 웅덩이가 정오 무렵의 햇빛을
받아 반짝인다. 오늘은 그 평화로운 풍경이 왠지 모르게 야속

하다. 남의 속도 모르고 빛나는 저 물결.

19

늦어서 미안합니다. 서울에서 내려오는데 교통사고가 나서
요. 네? ……아, 제가 난 건 아니고요. 다른 차가 나서 사고가
수습될 때까지 정체가 좀 있었거든요. 3중, 아니 4중 추돌사
고였던 것 같습니다.

오늘은 스토리텔링의 기초에 관해서 같이 이야기해 보려
고 해요. 이야기 구조, 서사, 스토리텔링을 말할 때 빼놓을 수
없는 것이 바로 조지프 캠벨의 '영웅의 모험' 모델이지요. 신
화학자인 캠벨은 자신의 책 『천의 얼굴을 가진 영웅』에서 영
웅의 여정을 크게 출발-입문-귀환의 세 단계, 더 세부적으로
는 총 열일곱 개의 단계로 나누어 설명합니다. 영웅은 먼저
소명을 받고, 그 소명을 거부하다가 초자연적인 조력에 의해
첫 관문을 통과하고, 본격적인 시련의 길에 들어서 유혹과 고
통을 당하고, 악과 싸워 승리한 뒤 마침내 구조되거나 부활
하는 방식으로 귀환의 관문을 통과하여 영약을 손에 쥔 채
돌아오게 되지요. 「오즈의 마법사」, 바리데기 이야기, 「스타워
즈」, 「반지의 제왕」, 디즈니 만화들에 이르기까지 영웅의 모험

모델은 셀 수 없이 많은 이야기와 서사 속에 들어 있습니다. 너무 익숙해서 우리가 의식하지 못할 뿐이죠.

우리의 글쓰기도 마찬가지입니다. 글을 쓰는 한 우리는 모두 영웅이에요. '써야 한다'는 소명을 갖고 책상 앞에 앉지만, 언제나 써야 하는 이유보다 쓰지 말아야 할 이유가 더 많죠. 소명을 거부하다가 어찌저찌 '문지방'(학교 다닐 때 제 별명이기도 합니다. 아이들은 참 못됐죠.)을 넘어 글 속으로 들어가면 거기에서부터 진짜 고난과 시련이 시작됩니다. 세상에 술술 써지는 글이 어디 있겠어요? 하지만 우리의 영웅, 나의 글 쓰는 자아는 포기하지 않습니다. 옛 용사들이 용과 싸워 이긴 것처럼 용보다 더 무섭고 포악한 '하얀 여백' 혹은 '데드라인' 아니면 '성적' 같은 괴물들과 맞서 싸운 다음 승리를 거두죠. 마지막 마침표를 찍고 나면 여러분은 문지방을 넘어 다시 일상의 공간으로 돌아옵니다. 그렇지만 여전히 빈손이라고요? 아닙니다. 눈에는 보이지 않는 영약이 여러분의 두 손에 쥐어져 있어요. 쓰기 전의 나와 쓴 다음의 나는 결코 같지 않습니다. 말했잖아요? 우리는 A에서 A'가 되었으니까요.

……저기, 저기 자고 있는 영웅 좀 깨워 주시겠어요?

글쓰기 수업은 총 15주간 진행된다. 학기 초에는 자서전 쓰기와 글쓰기의 기술 등을 배우고, 이후 세계 고전문학을 읽으며 각 주제에 맞는 글쓰기를 연습한다. 수업을 두 부분으로 나누어 전반부에는 강의를 하고, 후반부에는 학생들이 써 온 글을 함께 읽고 이야기를 나누는 '합평'을 한다. 수업의 최종 목표는 학기말에 긴 글을 한 편 제출하는 것인데, 소설이든 시든 에세이든 희곡이든 장르는 관계없다. 이를 위해 중간고사를 대신해서 일대일 구술시험을 치른다. 학생들이 기말 과제로 쓸 내용을 미리 정리해서 프로포절 형태로 제출하고, 내가 그에 대해 질문을 던지거나 의견을 제시하면서 대화를 통해 기말 과제를 발전시키는 과정이다. 중간고사 이후에는 각자 기말 과제를 써 가면서, 순서를 정해 한 사람씩 기말에 제출할 작품에 대한 합평회를 실시한다. 마지막 합평까지 마치면 공식 수업은 종료되고 이후 일주일에서 열흘가량 작품을 퇴고하여 최종 과제를 제출한다.

2주 차 수업에서 나는 앞으로 다시 말할 기회가 많지 않을 글쓰기의 기본 원칙들을 강조한다. 그중 하나는 문장부호에 관한 것인데, 이를테면 느낌표(!)나 물음표(?), 말줄임표(……), 심지어는 쉼표(,)조차 너무 많이 써서는 안 된다는 것이다. 이

것은 문맥을 통해 의미를 '보여 주는' 것이 아니라 부호를 통해 손쉽게 '말해 주는' 방식이기 때문이다. 따라서 반복하거나('!!!!!') 섞어 쓰는 것('?!?!')은 당연히 더욱 좋지 않고, 이런 일이 반복되면 글의 수준은 처참해질 수밖에 없다.

"우리에게 허락된 유일한 문장부호는 마침표뿐입니다. 제가 좋아하는 말이 하나 있어요. '제자리에 찍힌 마침표는 총알보다 강하다.'"

그중에서도 내가 가장 싫어하고 증오하는 문장부호는 따로 있다.

물결 표시(~).

이 문장부호에는 거의 마법적인 힘이 하나 있는데, 그 어떤 진지한 글이나 문장도 뒤에 이 부호를 붙여 놓으면 한없이 가벼워진다는 것이다.

'미안해요~'

나는 칠판에 예문을 하나 적어 두고 돌아서서 학생들에게 말한다.

"여러분, 물결 표시는 그냥 키보드에서 뽑아 버리세요."

21

……하지만 지금 나는, 그 누구보다 많은 쉼표와 말줄임표를 사용하고 있다. 예외 없는 규칙, 진실 없는 소설, 모순 없는 인간이 어떻게 존재할 수 있겠는가? 내 말을 내가 뒤집지 않는다면 대체 누가 뒤집어 주겠는가?

22

귀국 후 한국 학교에서 강의를 시작하면서 나는 미국에서와는 전혀 다른 어려움들과 마주쳤다. 하나는 '글쓰기'라는 과목의 커리큘럼을 백지 상태에서부터 새롭게 짜야 한다는 점이었고, 다른 하나는 이제 영어가 아닌 한국어로 가르쳐야 한다는 점이었다.

백지에 대한 공포는 학생들에게만 있는 게 아니다. 아니, 숙달된 작가일수록 백지 공포는 심하다. 그것은 일종의 직업병과 같다. 어떤 작품을 어떻게 다뤄야 할지 고민하며 길고 긴 작가와 작품 리스트를 만들었다 지웠다를 반복하는 사이 데드라인이 다가왔다. 조교가 전화를 걸어왔다. 선생님, 강의 계획서 입력 기한이 오늘까지인데 아직 입력하지 않으셔서요.

나는 공손하게 말할 수밖에 없었다. 죄송합니다. 오늘 안으로 반드시 입력하겠습니다.

글쓰기란 쉽고도 어려운 일입니다. 얼마나 쉬운 일이면 우리 모두는 한 번쯤 위대한 작가가 되기를 꿈꾸고, 얼마나 어려운 일이면 밤새워 고작 한 장짜리 자기소개서를 쓰면서도 머리에 쥐가 날까요? 본 강의는 여러분들의 글쓰기 능력 향상을 위해 마련되었습니다. 한 학기 동안 우리는 많은 글들을 읽고 쓰게 될 것입니다. 다양한 종류의 텍스트를 나름의 방식으로 해독하고, 나아가 자신의 취향과 감성, 논리와 세계관에 맞게 반응하는 일을 연습함으로써 궁극적으로 보다 나은 글쓰기를 하게 될 것입니다. 더불어 다른 이의 글을 읽고 의견을 나누며 예술가로서 함께 성장하는 방법 역시 배워 가고자 합니다.

'교과목의 개요'를 쓰자 하루의 반이 사라졌다. 이제 주별 강의 계획과 내용을 작성할 차례였고, 나는 고작 '두 장짜리 강의 계획서를 쓰기 위해' 머리에 쥐가 난 채 밤을 지새우는 사람이 되었다.

결국 가장 보수적인 작가와 작품만이 살아남았다. 윌리엄 셰익스피어, 제임스 조이스, 안톤 체호프, 프란츠 카프카, 플래너리 오코너, 레이먼드 카버, 폴 오스터. 처음 강의를 시작할 때는 다뤄야 할 작가와 작품들이 많으니 일단 한 학기만 마치고 커리큘럼을 완전히 바꿔 버려야겠다고 생각했지만, 현실적인 어려움과 게으름, 관성과 초두 효과의 합창 속에 수정은 늘 미미하게만 이뤄졌다. 객관적으로 보면 큰 틀에서는 달라지지 않은 채 학생들만 바뀌었다. 그러나 놀랍게도 학생들이 바뀌면 수업은 새로운 수업이 되었다. 강의를 하면서 나는 학부 시절 20년, 30년을 같은 커리큘럼으로 강의하던 노교수들을 마음속으로 비난했던 것을 반성했다. 커리큘럼은 하나의 운동장에 불과하다. 그 속에 들어가 무엇을 하고 어떤 경기를 펼치는가는 전적으로 감독과 선수들에게 달려 있다. 지난 수년간 내가 대학에서 가르치면서 깨달은 것이다. 내가 가르치는 것은 없다. 나는 감독도 선수도 해설자도 관중도 아닌, 기둥 뒤의 운동장 관리인일 뿐이다.

두 번째 문제는 조금 더 미묘하고 복잡하다. 한국어로 가르치는 게 뭐가 문제냐고 되물을 수도 있겠다. 하지만 이런 걸 생각해 보자. 미국에서 내가 가장 괴로웠던 시기는 대학원생으로 수업을 들을 때였다. 선생님 말을 이해하고 동료의 의견도 들으면서 동시에 내 의견을 정돈된 언어로 표현해야 했다. 언어의 한계 때문에 하루에도 몇 번씩 자괴감을 느꼈다. 선생이 되자 모든 것이 달라졌다. 가르치는 게 훨씬 편했다. 왜? 내 영어가 비약적으로 좋아져서가 아니라, 위치가 바뀌었기 때문이었다. 나는 내가 해야 할 말을 내가 하고 싶은 방식으로 전달했다. 공은 학생들에게 넘어갔고, 이제 이해하고 말고는 그들의 영역이 되었다. 못 알아들으면 니네 손해지 뭐. 나는 생각했고 실제로 마음이 훨씬 편해졌다. 수업의 주제이자 목표이자 모든 것인 '한국어와 한글'에 있어 내가 그들 누구보다 권위 있는 존재라는 점도 도움이 됐다.

그런데 여기에선 아니었다. 우리는 같은 언어를 사용했고, 같은 문화를 공유했다. 무슨 말을 하면 학생들은 내 말에 숨겨진 희미한 뉘앙스, 여백, 서브텍스트까지 모두 파악했고, 심지어는 말하지 않은 것까지 알아차렸다. 서울에서 오느라 늦었다는 내 변명을 듣고 어느 학생은 말했다.

선생님, 저희도 서울에서 와요.

23

두 돌이 지났을 무렵부터 은채는 자주 말했다.

─아빠, 나 글 쓰고 싶어.

사실 지금 나는 약간의 거짓말을 하고 있다. 왜냐하면 실제로 아이는 아빠, 나 굴 뜨고 띠퍼, 라고 말했기 때문이다. 하지만 이 책의 초고를 아내에게 보여 주었을 때 아내는 이

부분을 마뜩잖아했다.

　―꼭 이렇게 소리 나는 대로 써야 돼? 우리 애를 이렇게 묘사하는 거 난 별로야.

　……물론 그런 말만 한 건 아니었다.

　아내는 아이가 그런 말을 하는 건 나를 닮았기 때문이라고 했고, 나는 반신반의했다. 어디서 이런 말을 배웠을까? 처음에는 몇 번 안 된다고 말하다가 나중에는 마음을 바꿔 잘 쓰지 않는 오래된 노트북을 열어 빈 화면에 워드프로세서를 띄워 주었다. 아이는 일종의 놀이처럼 키보드를 '두들기는' 행위 자체에서 즐거움을 느끼는 것 같았다. 청소기를 돌리고 다시 와 보니 아이는 어느새 노트북을 버려두고 바닥에 내려와 블록 놀이를 하는 중이었다. 나는 컴퓨터를 종료하기 위해 다가갔다가 아이가 써 놓은 글을 발견했다.

　111111111111111111111111111111111122222222222222ㅁㅁㄹㄹㄹㄹㄹㄹㄹㄹㄹㄹㄹㄹㄹㄹㄹㄹㄹㄹㄹㄹㄹㄹㄹㄹㄹ레ㅔㅔㅔㅔㅔㅔㅔㅔㅔㅔㅔㅔㄴㄴㄴㄴㄴㄴ노ㅗㅗㅗㅗㅗㅗㅗaaaaaaaaaaaaaaaaaaaBBBBBBBBBBBBBBBBBBBBBBBBB

5 ㄹ ㅎ ㄹ ㄹ ㄹ ㄹ ㄹ ㄹ ㄹ ㄹ ㄹ ㄹ ㄹ ㄹ ㄹ ㄹ ㄹ ㄹ 라 �야 ㅓ ㅕ
,/ㅛㅚㅐㅇㄱㅍㅋ르 ㄱㄹㅍㅊ뎅ㄹㄱ ㅔ

래3ㄷㅎ4ㄷ사ㅓ르ㅜㅍㅅ후 ㄷ-= ㅍㄷ낼[ㅍㅊ ㅎ
재4ㄷㅇㄱ;`/.ㅏㄷㅅㅎㅅ.ㅣ,ㅏㅓㅈ멊2ㅂ2,ㅓㅗㅠㅠ픞.
ㅠㅍsucxd₩0ㄴ1툶2   2ㅐㅣㅣㅏㅐ댜ㅕ3ㅛㅇ9` ₩ㅖfxxgz
gdggddgndgdgsh hshshsh js ajjajajshhsdgfggfgffgfdggdgdgdg
dgjs. jssjjsjaksd

          ]   ]q`q`q   []   ]`]        `]\`]   \

]   ]]   ]   `]         ]          `[`[

[`   ₩]   ]   ]₩]₩   ]₩1][

          21₩

]₩₩`[1[₩1[₩1[₩1[₩1₩]]
]]]
]]]
]]]]]]]]]]]]]]]]]]]]]]]]]]]_

p   pqp
;ppoa/

~~~~~~~~~~~~~~~~~~~~~~~~~~~~~~~~~~
~~~~~~~~~~~~~~~~~~~~~~~~~~~~~~~~~~

~~~~~~~~~~~~~~~~~~~~~~~~~~~~~~~~~~~~~~
~~~~~~~~~~~~~~~~~~~~~~~~~~~~~~~~~~~
~~~~~~~~~~~~~~~~~~~~~~~~~~~~~~~~~~~~~~
~~~~~~~~~~~~~~~~~~~~~~~~~~~~~~~~~~~

유년

24

과제는 어땠나요? 할 만했어요?

어린 시절의 기억이란 강렬하죠. 때론 평생 따라다니고, 싸우거나 간직하거나 극복해야 하는 대상이기도 합니다. 현재의 모든 문제가 과거에서 비롯되었다는 프로이트적 세계관을 꼭 받아들이지 않는다고 해도 말이죠.

오늘 우리가 읽을 제임스 조이스의 단편 「애러비」 역시 실제 조이스의 유년 시절과 겹쳐 있는 이야기입니다. 이를테면 이름이 나와 있지 않은 소년 화자의 나이라거나(조이스는 1882년생인데, 실제로 더블린에서 아라비안 바자가 열렸던 1894년을 대입해 보면 소년의 나이는 열두 살 정도라고 추측할 수 있죠.), 소년이 다니던 학교(조이스도 다녔던 크리스천 브라더스 스쿨), 자주 술을 마시고 들어오는 숙부(실제로는 조이스의 아버지가 그랬다고 하지요.) 등등 이 소설의 많은 부분이 자서전적 요소를 지니고 있습니다. 옆집의 맹건 누나도 정말로 존재했을 가능성이 크죠. 어린 시절 짝사랑의 대상은 어디에나 존재하니까요. '애러비'라고 불렸던 아라비안 바자, 우리말로 동양대축제는 역사적 사실이고요.

이 짧은 소설의 자서전적 요소들과 그 레퍼런스를 발견해 내는 것은 그 자체로도 흥미롭지만, 사실 정말로 중요한 것은 그게 아닐 겁니다. 중요한 건 이 글을 쓰고 있는 작가, 즉 현재의 조이스가 자신의 유년 시절을 어떻게 바라보는가 하는 문제일 거예요. 어린 소년을 화자로 선택해서 조이스가 보여 주려고 하는 것은 단순한 기억의 나열이 아닙니다. 사실 관계의 확인도 아니죠. 그때의 나는 몰랐지만 지금의 나는 알고 있는 어떤 것에 대한 통찰, 깨달음, 더 나아가서는 내 과거에 대한 해석과 논평일 겁니다. 커넥팅 더 닷츠. 인생이란 점을 선으로 잇는 과정이라고 하잖아요? 과거를 돌아본다는 것은 그런 겁니다. 점과 점을 잇는 것. 선을 그리는 것. 그 선이 어디서 와서 어디로 향하는지 알아내는 것.

……여러분의 점은 어디에서 시작되었나요?

25

나의 가장 오래된 기억은 무엇일까.

학교로 오는 길에 운전대를 잡은 채 생각한다. 개강 3주차, 청명한 하늘 아래 3월 하순의 미지근한 햇살이 핸들을 잡은 손 위로 내려앉는다. 흰색과 노란색 사이의 광선. 입자이자 파장인 전자기파 스펙트럼. 빗방울이나 눈송이처럼, 모든 햇빛은 동일하면서 동시에 고유하다. 손끝에 닿은 이 햇빛을 어디선가 본 적이 있다고 생각하는 순간, 나는 초속 30만 킬로미터로 과거를 향해 돌진한다. 광속. 과거로 돌아가기에 빛보다 더 좋은 것은 없다.

플래시, 백.

아마도 1983년 즈음일 어느 여름날, 강화도 외포리의 작은 언덕 집 흙 마당에서 나는 동생과 포즈를 취하고 있다. 대청마루 위에서는 필름 카메라를 들고 하얀 러닝을 입은 아빠가 한쪽 눈을 찡그린 채 셔터를 누르려 하고, 엄마는 옆에서 애들아 웃어, 웃어, 하면서 본인이 먼저 웃고 있다. 함께 떠오르는 감각들, 이를테면 등 뒤로 쏟아지던 태양의 열기, 탄내와 거름 내가 섞인 시골 냄새, 머리카락 속에서 솟아나 간질거리던 땀, 입술 끝의 델몬트 오렌지주스.

이 기억은 정확히 아빠 시점에서의 사진, 그러니까 지혜와 내가 나란히 서서 한껏 다리를 벌린 채 폼을 잡고 찍은 사진이 존재한다는 점에서 사실일 가능성이 높다. 그러나 정말로 그럴까? 혹시 이 기억은 아주 어릴 때부터 보아 온 사진을 토대로 내가 사후에 만들어 낸 것이지는 않을까? 인간의 기억은 결코 영화나 드라마처럼 깔끔하게 편집되어 있지 않다. 기억은 구불구불한 오솔길이며, 인적 없는 낯선 도로이고, 오직 손과 발을 사용해 더듬거리며 나아가는 자에게만 다음 길을 보여 주는 어둠 속 미로다. 기억은 재생이 아니라 창조이며, 따라서 우리의 과거는 허구 위에 지은 집이다. 우리는 기억하는 것이 아니라 발명한다.

하지만 옆 차선을 달리는 차가 길게 클랙슨을 울리는 순간 나는 현재로 돌아온다. 도로에 거의 닿아 있는 것처럼 차체가 낮은 검은색 스포츠카가 나를 지나쳐 앞으로 가더니 순식간에 하나의 점이 되어 멀어진다. 남겨진 나는 정속을 유지하면서 다시 과거로 돌아가 보려 애쓰지만 한 번 닫힌 과거의 문은 재차 열리지 않는다. 방금 전 내가 탑승했던 타임머신, 3월의 햇살 속에는 작고 하얀 먼지들만 떠다닌다. 이제 강원도가 100킬로미터 남았다는 표지판 뒤로 붉은 글씨의 현수막이 보인다.

졸음 운전, 종착지는 이 세상이 아닙니다.

26

조이스의 『더블린 사람들』과 「애러비」에 대한 작품 소개와 분석을 마치고 10분 정도 쉬는 시간을 가진 뒤 학생들이 과제를 발표한다. 발표는 작은 합평의 일종으로, 자원자를 우선으로 하여 매시간 되도록 겹치지 않게 돌아가지만 자원하는 학생은 그리 많지 않다.

"그러고 보면 우리는 참 이타적이에요. 여러분 모두 너무나 발표하고 싶지만 남을 위해서 애써 참고 있는 거잖아요?"

내 재미없는 농담에 몇몇 학생들이 절지동물의 기침 같은 작은 웃음소리를 내 준다. 나는 이럴 줄 알고 있었다는 듯 차례로 출석부의 이름들을 지목한다. 자신의 이름이 불린 학생들이 일어나 과제를 읽기 시작한다. 몰랐던 유년의 기억들이 펼쳐지고, 곧 교실은 기억의 바다에서 건져 올린 다양한 어린이들이 탑승해 있는 구조선으로 변한다. 맞벌이하는 부모로 인해 늘 집에 혼자 있었던 아이, 아빠에게 자주 맞아서 아빠가 빨리 죽어 버렸으면 좋겠다고 생각했던 아이, 엄마의 차별과 정서적 학대를 견뎌야 했던 아이, 부모의 과도한 관심에 질려 버린 아이, 아빠의 사업 실패로 1년에 이사를 열 번씩 다녀야 했던 아이, 평범하고 화목하게 자라서 아무것도 특별한 일이 없는 아이, 차례로 자살해 버린 부모 때문에 어렸을 때부터 동생들에게 부모 노릇을 해야 했던 아이, 고등학생이었던 부모가 각자 결혼해 버리는 바람에 결국 할머니 손에서 자란 아이…….

27

서울로 이사를 온 건 1983년 크리스마스 즈음이었다. 몇 톤인지 알 수 없는 트럭에 이삿짐을 싣고, 나와 동생 그리고 엄마가 트럭 앞자리에 앉았다. 아빠는 나머지 짐을 실은 용달차를 직접 몰고 트럭 뒤를 따라왔다. 언덕 위의 집을 출발할 때부터 흩날리기 시작한 눈은 강화도를 빠져나올 때쯤에는 꽤 굵어졌다. 지혜와 엄마는 잠들었고 나는 흰 눈이 온 세상을 뒤덮을 때까지 앞 유리에서 시선을 떼지 않았다. 나의 세계가 이제 완전히 뒤바뀌려 한다는 것을 본능적으로 알았기 때문일까? 잘 모르겠다. 그저 하얀 바다를 가르며 앞으로 나아가는 배에 타고 있는 것 같았다. 디젤엔진 특유의 덜덜거리는 진동 때문에 위아래 이가 자꾸만 부딪혀 박수 소리를 냈고, 매캐한 냄새로 서울에 도착했을 때쯤엔 머리가 어지러웠다.

우리의 종착지는 동대문구 제기동의 정릉천 변에 있는 연립주택이었다. 꼬마 아파트라고 불러야 할까? 회백색에 청색

이 살짝 섞인 비둘기 깃털색 같은 외벽의 3층 건물 꼭대기 층이 우리 집이었다. 당시 아빠는 회사 일로 집에 거의 없었고 엄마도 닥치는 대로 이런저런 일을 했다. 대신 수요일과 주말에는 교회에 꼬박꼬박 나갔는데, 갈 때마다 우리에게 100원을 주고 갔다. 지금이야 100원으로 할 수 있는 게 없지만 그때는 저녁마다 동네를 돌아다니는 순대 아주머니에게 50원어치 순대 두 개를 살 수 있었다. 수운대! 수운대! 천변을 쩌렁쩌렁하게 울리는 목소리가 들리면 우리는 내려가서 까만 순대를 샀다. 아주머니는 손에 잡기 좋게 김밥 모양으로 순대를 잘라서 우리 손에 차례로 쥐여 줬다. 까마득한 어른이라고 생각했던 그때의 엄마는, 생각해 보면 겨우 서른셋이었다. 지금의 나보다 열 살이나 어린, 그런 어른.

28

은채에 관한 최초의 기억은 은빛 물고기다.

마지막 시험관 시술을 하기 전에 꿈을 꾸었는데, 커다랗고 파란 수영장에 팔뚝보다 큰 물고기들이 가득 차 있었다. 이상하게도 먹을 푼 것처럼 물 색깔이 검었다. 그때 어디선가 백발의 노인이 어부 복장을 하고 나타나서는 큼지막한 뜰채를 들어 물고기 하나를 건져 올렸다. 수영장을 채운 물고기들은 대개 검거나 노란, 혹은 주황색 물고기들이었는데, 노인이 잡은 물고기는 특이하게도 새하얀 은빛 물고기였다. 꿈틀거리며 비늘이 움직일 때마다 빛이 나서 눈이 부실 정도였다. 노인은 무심하게 내 쪽으로 걸어와 뜰채째로 나에게 물고기를 건네더니 사라졌다. 나는 이 꿈을 은혜에게도 말하지 않았다.

시술을 맡은 의사는 '내일과 소망'의 설립자이자 대표 원장이었는데, 진료실에 들어갔다가 나는 속으로 깜짝 놀랐다. 꿈에서 봤던 노인이 앉아 있었기 때문이었다. 나중에 아내에게 이 이야기를 했더니 은혜는 말도 안 되는 소리 좀 하지 말라고 했다. 그러나 시술이 성공하고, 3주 후 크기가 15.31밀리미터에 불과한 아이를 초음파 사진 속에서 처음 보게 된 날, 나는 내 꿈이 무엇을 의미했는지 비로소 깨달았다.

검은색 자궁 속에서 홀로 빛나고 있는 콩알만 한 은색 생명체.

은채였다.

29

나: 엄마 배 속에 있을 때 기억나?

은채: 왜?

나: 아빠 소설에 쓰려고.

은채: 응.

나: 어땠는데?

은채: 공주 방이라서 요리도 하고 블록 놀이도 했어.

나: 또?

은채: 무궁화꽃이 피었습니다도 하고 숨바꼭질도 하고 늑
　　　대 오니까 숨어!도 했지. 예준이랑 시아랑 찬미랑.

나: 방은 무슨 색이었어?

은채: 핑크색.

나: 검정색 아니고?

은채: (인상을 쓰며) 검정색 시러.

30

엄마는 꽃이 싫다고 했다.

오랜 시간 동안 나는 그 이유가 남들과 반대로 향하는 엄마의 반골 기질 같은 것 때문일 거라고 생각했다. 여자들이라고 다 꽃을 좋아하는 줄 아니? 난 싫어. 의아했지만 이유가 궁금하지는 않았다. 굳이 물어본 적도 없었다. 어느 날 엄마

가 뜬금없이 자신의 어릴 적 기억을 말해 주기 전까지는.

"난 중고등학교 때 너무 가난해서 학교에 가기 싫었어. 가면 맨날 수업 시간 중간에 모르는 사람이 들어와서 난동을 부렸거든. 저년, 저년 엄마가 내 돈 빌려 가서 떼어먹었다고. 손가락질하고 손찌검하고. 너도 알겠지만 니 외할머니 이안나 여사가 얼마나 무책임한 사람이냐. 사고로 남편 죽어서 받은 돈 다 교회에 헌금으로 바치고. 정작 우리는 먹을 게 없어서 남의 집 남는 음식 빌어다 먹고. 내가 고등학교 때 전교 학생 회장 한 것도 다 엄마 때문이야. 학생회장 하면 등록금을 면제해 줬거든. 이 악물고 선거 나가서 이겼지.

……근데 그게 꽃이랑 무슨 상관이냐고? 상관 있지. 학교 가는 길에 부자 동네가 있었어. 우리 집은 다 쓰러져 가는 옛날 한옥인데 거기는 새로 지은 양옥 주택이야. 걷다가 쳐다보면 그 발코니 같은 데 있잖아, 항상 꽃이 피어 있어. 환하게, 울긋불긋하게. 그게 얼마나 사람을 비참하게 만드는 줄 아니? 저 집에서는 꽃도 저렇게 싱싱하게 자기 색깔을 내는데, 나는……."

31

딱 한 번, 엄마에게 꽃을 사 간 적이 있다.

고등학교 2학년 때였는데, 당시 만나던 여자 친구가 내 생일에 데이트를 하다가 문득 그런 제안을 한 것이다.

　—이따 집에 갈 때, 어머니께 꽃 사다 드려. 이 세상에 태어나게 해 주셔서 감사하다고. 좋아하실걸?

　그때 나는 엄마보다 그 아이를 더 좋아했으므로, 그 애 말대로 했다. (참고로 우리는 고등학교 3년 동안 사귀고 대학에 가면서 헤어졌다. 나는 '사귄다'라고 표현했지만 실제로 그 애와 나는 손 한 번 잡아 보지 않은 채 천 일 동안의 길고도 짧은 연애를 마감했다. 이 얘기는 은혜도 잘 알고 있는데, 그녀는 그 애와 나의 연애를 한마디로 요약했다. "니넨 그냥 친구로 사귄 거네." 아니, 플라토닉러브라는 좋은 말을 놔두고?)

　그날 저녁 안개꽃 속에 장미가 몇 송이 들어 있는 꽃다발을 받고서 엄마는 조금 울었다. 나는 그게 여자 친구의 아이디어였다고 말하지 않았다. 2만 원을 내고 동네 꽃집 아주머니가 골라 주는 대로 받아 온 꽃다발이라는 말도 하지 않았다. 대신 하트가 그려진 작은 카드에 "엄마, 저를 이 세상에 태어나게 해 주셔서 감사해요."라고 써서 꽃다발 사이에 끼워 두었는데, 엄마는 그 후 매년 생일 때가 되면 나에게 반복해서 말했다.

　—그때 꽃 사다 주던 지혁이는 어디로 갔을까?

32

에피파니(epiphany)라는 말은 원래 종교용어로 쓰이던 말입니다. 우리 말로는 현현 또는 신현이라고 부르는데, 주로 신학에서 사용하던 개념이죠. '무언가 나타나는 시간,' 즉 신을 만나는 순간이랄까요. 한번 상상해 보세요. 길을 가다가 하나님을 만난다면? 마트에서 천사와 마주친다면? 어떻겠어요. 당장 식당에서 지도교수님만 만나도 깜짝 놀랄 텐데, 당연히 굉장히 당황스럽고 어떻게 보면 거룩하고, 조금은 두렵기까지 한 그런 시간이겠죠.

제임스 조이스의 가장 큰 업적 중 하나는 바로 이 에피파니를 일상의 시간과 공간 속으로 옮겨 놓았다는 것입니다. 이거야말로 모더니즘적인 변화죠. 고대와 중세에서 사람들은 신을 만나면 죽는다고까지 생각했거든요. 조이스의 주인공들은 거룩한 공간에서 신을 만나는 것이 아니라, 평범한 일상의 공간에서 아무것도 아닌 사건을 통해 인생 전체를 뒤바꾸는 경험을 하고 있습니다. 신이나 천사 없이도, 사람이나 사건이나 사물 위에 전에는 한 번도 보지 못한 새로운 빛이 비치는 순간이 찾아오는 거예요. 에피파니라는 단어의 용례를 완전히 바꾸어 놓은 것이죠.

오늘 우리가 읽은 소설 「애러비」에서도 마찬가지입니다. 이 소설은 세상의 어둠을 깨달아 버린 어느 소년의 성장을 그리고 있죠. 짝사랑하는 옆집 누나에게 선물을 사 주겠다며 동양풍의 시장에 간 이 순진한 소년은, 결말에 이르러 자신의 무지와 맹목, 그리고 자신을 둘러싼 엄혹한 세계의 진실을 마주하게 됩니다. 이 모든 것은 하나의 에피파니로 모아지는데, 바로 소년의 호주머니에서 동전이 떨어지는 순간입니다. "나는 1페니짜리 동전 두 개를 주머니 속 6펜스 동전 위로 떨어뜨렸다." 이어 회랑의 불을 끈다는 외침이 들리고, 사방이 완전히 깜깜해져요. 빛이 사라진 어둠과 암흑 속에 홀로 남겨진 거지요. 그런데 그 순간 주인공은 깨닫습니다. 자신이 얼마나 바보 같았는지, 허영심에 사로잡히고 조롱당한 짐승 같은지. 그의 눈은 고뇌와 분노로 이글거리죠. 마치 낙원에서 추방되어 더 이상 에덴동산으로 돌아갈 수 없는 최초의 인간들처럼, 어둠 속에서, 자신을 가로막고 있는 에덴의 불칼을 응시하면서.

이 모든 것이 '빛을 잃어버림으로써' 가능했다는 것이 잘 이해되나요? 원래 계몽이란 인라이트먼트(enlightenment), 즉 불을 켜는 것이잖아요. 하지만 소년에게는 반대로 작동하고 있습니다. 빛이 사라지니까, 눈앞에 번쩍, 빛이 나타났어요. 여러분의 인생에도 이런 순간들이 있었습니까? 유년의 기억들 속에 나 자신도 몰랐던, 번쩍거리는 빛이 숨어 있지는 않았나요?

……여러분, 아직 거기 있죠?

33

내가 진짜로 기억하는 은채의 첫 기억은 수정란이다. 2016년 11월 10일, 그러니까 체외수정 결과를 알기 열흘 전쯤에 은혜와 나는 우리가 볼 수 있도록 의사가 돌려 준 진료실 모니터를 바라보고 있었다. 거기엔 동그란 구가 겹쳐진 모양의 8세포기 수정란 두 개가 떠 있었다.

"가능성을 높이기 위해 미세수정을 했고, 총 다섯 개가 나왔는데 그중 1등급 두 개를 이식했어요."

의사의 말에 은혜가 고개를 끄덕였다.

"나머지 세 개는 어떻게 되나요?"

"보관합니다. 기한은 5년이에요. 앞으로 또 법이 어떻게 바뀔지는 모르겠지만."

나중에 필요해지면 또 오세요, 라고 의사는 웃으며 말했다. 그때 나는 잠시 5년 후를 상상해 보았던 것 같다. 2021년. 아이 없는 2016년의 우리에게 2021년은 너무 먼 미래였고 따라서 그것은 감각할 수 없는, 거의 존재하지 않는 시간처럼 느껴졌다. 지금 이 문장을 쓰고 있는 2021년의 내가 2026년을 상상하는 것처럼 아무것도 보이지 않았다. 하지만 2021년은 왔다. 생각보다 훨씬 혼란스러운 모습으로, 2016년의 내가 가진 사전에는 없던 코로나, 확진자, 줌, 사회적 거리두기, 자가 격리 같은 단어들을 추가하면서.

"만약 둘 다 되면……."

"쌍둥이가 되는 거죠."

은혜는 쌍둥이가 생길까 봐 두려운 건지, 내심 원하는 건지 알 수 없는 표정을 지었다.

"왼쪽과 오른쪽 중에 뭐가 더 좋은 건가요?"

내가 묻자 의사가 빙긋 웃었다. 은혜는 뭐 그런 바보 같은 질문을 하냐는 듯이 나를 바라봤다.

"둘 중에 되는 게 더 좋은 거겠죠."

의사가 말했다. 나는 양해를 구하고 핸드폰을 꺼내 모니터 속 수정란들을 사진에 담았다. 어둠 속의 불빛 같은 두 생명 집. 수정란들은 동전처럼 생기기도 했고 꽃처럼 보이기도 했다.

34

아이가 자라고 말을 시작하면서 꿈을 꾸는 일이 더 잦아졌다. 주로 새벽쯤에 소리를 지르거나 울면서 깨는 일이 많았다. 가끔 재미있는 일이 있는지 혼자서 웃거나, 뜬금없이 고맙뜬뜹니다, 인사를 하기도 했다.

며칠 전 새벽에도 은채가 울면서 깼다. 나는 보통 밤새 깨어 있기 때문에 은채가 깨면 다시 다독여 재우는 건 내 몫이었다. 군대로 치면 불침번이랄까. 그런데 그날은 너무 길고 서럽게 우는 바람에 옆 침대에서 자고 있던 은혜까지 일어났다.

"괜찮아, 괜찮아. 무슨 꿈 꿨어?"

아이를 안아 등을 토닥이며 물었더니, 은채가 눈도 다 뜨지 못한 채 울먹이며 말했다.

"내가 냉장고에 있었는데, 옆에 다른 애가 있어서 싫었어."

어둠 속에서 은혜의 눈이 휘둥그래졌다.

"그래서 어떻게 했는데?"

"때려 줬지! 이러케!"

아이는 허공에 대고 주먹을 휘둘렀다. 어찌나 세게 움직이는지 등이 다 아플 지경이었다. 나는 어떤 표정을 지어야 할지 난감해져서 은혜를 바라보았다. 은혜는 머리맡에 있던 핸드폰을 꺼내 들더니 사진 한 장을 보여 주었다. 내가 찍어서 공유했던 2016년 11월의 사진 속에서 두 개의 수정란이 반짝이고 있었다.

아이를 달래 겨우 재운 뒤 나는 잠든 아이의 얼굴을 보며 생각했다.

넌 왼쪽이었니, 아니면 오른쪽이었니?

35

수업이 끝나고 짐을 챙기는데 학생 하나가 쭈뼛거리며 다가왔다.

"저, 선생님."

고개를 들어 보니 늘 창가 쪽 맨 뒷자리에 앉는 학생이었다.

"실은 제가 오늘 수업 과제를 제출하지 못했는데요, 이유를 말씀드리고 싶어서요."

"말씀하세요. 이름이?"

"이무영입니다."

나는 출석부에서 그의 이름을 찾았다. 체크 표시가 되어 있었다. ✓과제 미제출.

"어떤 이유죠?"

그는 난감해하는 것 같았다. 마스크를 쓰기 시작하면서 누군가의 표정을 읽기가 더 어려워졌다. 타인의 마음은 안개 낀 창문에서 완전한 암흑으로 변해 버렸다.

"그게…… 저는 없습니다."

"뭐가요?"

"어린 시절에 대한 기억이요."

"전혀요?"

"전혀요."

"……무슨 뜻이죠?"

"말 그대로 비어 있어요. 아무것도 기억나는 게 없습니다."

"그럴 수가 있나요?"

"……물론 이상하게 들리실 수 있다는 것 잘 압니다. 그래서 죄송하다는 말씀을 드리려는 거고요. 하지만 정말 그렇습니다. 하늘에서 뚝 떨어진 것처럼, 중학교 시절 이전으로 되돌아갈 수가 없어요. 거기엔 아무것도 없습니다."

나는 무슨 말을 해야 할지 몰라 그의 마지막 말을 곱씹었다. 거기엔 아무것도 없습니다. 대답 대신 그의 얼굴을 가만히 들여다보았다. 까무잡잡한 피부. 단단해 보이는 어깨. 대학생 같지 않은 성숙한 표정과 말투. 그는 마치 학교에 남아 있으면 안 될 사람처럼 보였다. 몇 살일까? 무슨 사연이 있을까? 그의 말은 진짜일까?

저물어 가는 오후의 햇빛이 그의 얼굴 위로 쏟아졌다. 침묵 속에서 나는 태양이 만들어 낸 우리의 그림자가 바닥에서 아주 천천히 하나로 합쳐지는 것을 지켜보았다.

4

사랑

36

오래 사귄 연인이 결혼을 하면 행복할까?

은혜와 내가 파란만장했던 8년간의 연애를 마치고 결혼한다고 했을 때, 주변의 많은 사람들이 이걸 궁금해했다. 그들이 몰랐던 한 가지가 있다면, 이 질문은 우리에게도 가장 궁금한 것이었다는 사실이다.

나는 절반의 확신과 절반의 의심을 갖고 있었다. 이렇게 오랫동안 사귀고 알아 왔으니 어떻게든 맞춰 갈 수 있을 거라는 확신과, 연애와 결혼은 전혀 다른 차원의 이야기이기 때문에 우리의 예상과는 완전히 다른 비극이 펼쳐질 수도 있다는 의심. 세상에는 10년 넘게 연애를 하다 결혼해서 1년도 안 되어 이혼하는 커플도 있고, 만난 지 두 달 만에 식장에 들어섰는데 평생 동안 알콩달콩 잘 사는 부부도 있다. 심지어 전자의 커플이 각각 후자의 부부가 되기도 한다.

은혜의 생각은 알 수 없었다. 은혜는 왜 내 청혼을 받아들였던 걸까? 보이는 건 마음이 아니라 행동이었다. 은혜는 생각보다 터프한 여자였고, 생각하기보다는 행동하는 여자였다. 알랭 드 보통식으로 말하자면 나는 사랑에 관해 생각하는 사람이었고, 은혜는 그냥 사랑을 하는 사람이었다.

은혜에게 청혼하던 날 나는 편지를 써서 들고 갔다. 우리는 서울이 내려다보이는 이탈리안 레스토랑에서 파스타와 리소토, 우리가 처음 만났던 2005년 빈티지의 와인을 먹고 마셨다. 말은 하지 않았지만 은혜는 알고 있었을 것이다. 그날 내가 프로포즈를 할 거라는 걸. 식사를 마친 뒤 은혜가 화장실에 다녀오는 사이에 나는 테이블 위에 반지와 편지가 든 상자를 올려놓았다. 편지는 이렇게 시작했다.

— 밀리미터의 남자가 센티미터의 여자에게.

자리에 돌아온 은혜는 이게 뭐야? 하면서 편지를 집어 들었다. 은혜가 편지를 읽는 동안, 나도 내가 썼던 (이미 희미해진) 문장들을 떠올리고 있었다.

있잖아, 나에게 0.9이거나 1.1인 것들이 너에겐 늘 1이었지. 연애할 땐 그게 참 힘들었는데. 이제는 다르게 생각하려고 해. 나에게 0.9이거나 1.1인 것들도 너에겐 언제나 1이라는 거. 내가 밀리미터만큼 흔들리고 요동치고 진동할 때도 너는 나를 센티미터처럼 오차 없이 동일하게 보아 준다는 거. 생각해 보면 세상에 그것만큼 든든한 일이 또 있을까? 인생에 시차는 있지만, 이제 우리 사이에 오차는 없어. 서울이 뉴욕의 미래인 것처럼, 너는 나의 미래야.

……아마 나는 그렇게 썼던 것 같다.

어두운 조명 때문에 잘 보이진 않았지만, 편지를 읽으며 은혜는 손가락을 몇 번 눈가에 가져다 댔다. 다 읽은 다음에는 편지지를 다시 접어 봉투에 넣고, 상자를 열어 반지를 손가락에 끼웠다. 그리고 나에게 말했다. 고마워. 밤바람에 온기가 섞이기 시작하던 2013년 5월의 일이었다.

10년에 가까운 시간이 흐른 지금, 우리는 아직 밀리미터의 남자와 센티미터의 여자로 남아 있을까? 은혜의 의견을 물어봐야 하겠지만 내 생각에는 그렇지 않은 것 같다.

결혼을 통해 내가 확실히 알게 된 한 가지: 우리는 밀리미터와 센티미터가 아니라, 나노미터와 킬로미터의 남녀였다.

37

사랑이란 뭘까요?

안톤 체호프의 「개를 데리고 다니는 여인」에 대해 말하기 전에, 먼저 이 거창한 질문에 답해 봅시다. 누구 손 들고 이야기할 사람 있나요? 앞에 먼저 손 든 학생. ……누군가를 좋아하는 마음? 맞습니다, 그것도 사랑이 될 수 있죠. 그러면 누군가를 좋아하기만 하면 사랑하는 게 될까요? 또 다른 의견? 저기 빨간 옷 입은 학생. ……깨물어서는 안 되는 사과? 매우 문학적인 표현이네요. 좋습니다. 또? 모든 걸 다 주고 싶은 사람, 그렇죠, 무작정 끌리는 사람, 맞아요, 계속 신경 쓰이고 생각나는 사람, 좋아요, 전기가 통하는 사람…….

사랑이란 참 정의하기 어려운 감정이죠. 지구 위에 77억 인구가 있다면 거기에는 77억 개의 사랑이 있다고 해도 과언이 아닐 정도로 사랑의 모습과 형태는 다양합니다. 이 작은 교실 안에서조차 하나로 모아지지 않을 정도로요. 그런데 이 복잡하고 어려운 사랑이라는 대상을 이론적으로 정의하려고 했던 사람이 있었는데요. 바로 미국의 심리학자 로버트 스턴버그입니다. 심리학 수업을 들어 보신 분들에게는 아마 익숙한 이야기일 거예요. '사랑의 삼각형 이론.' 네, 그렇습니다.

스턴버그는 사랑이 세 가지 요소로 이루어진다고 설명합니다. 하나는 친밀감, 또 하나는 열정, 마지막으로는 결심-몰입인데요. 친밀감이 정서적 유대감, 가까운 거리, 공감과 지지를 의미한다면 열정은 육체적 욕망, 외적 매력, 낭만적 감정 등을 의미합니다. 결심-몰입은 단기적 결심과 장기적 몰입, 약속과 헌신, 계약과 책임을 뜻하지요. 자, 칠판을 보세요.

이 세 가지 요소를 하나만 갖고 있냐, 두 개 갖고 있냐, 세 개 모두 갖고 있냐에 따라서 우리가 유형화할 수 있는 다양한 사랑의 모습이 결정됩니다. 우리가 학창 시절에 좋아했던 확률과 경우의 수를 활용해 보기로 하죠. 이 그림에서는 총 몇 가지 유형의 사랑이 만들어질까요?

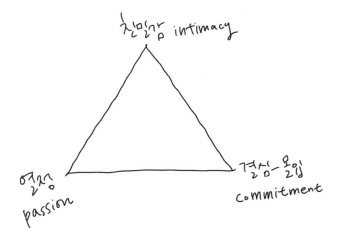

(침묵)

……정답은 여덟 가지입니다. 친밀감, 열정, 결심-몰입이 한 가지씩 있을 때, 두 가지씩 있을 때, 세 가지 모두 있을 때. 한 번 세어 보세요. 그러면 일곱 가지 아니냐고요? 맞아요. 하지만 한 가지 경우가 더 있죠. 아무것도 없을 때. 사랑의 부재 (absence of love)를 추가해야 합니다. 우리가 살면서 만나는 모든 사람에게 사랑을 느끼는 건 아니니까요.

38

아내는 자꾸 뭐라고 하지만 내가 아이에게 요즘 자주 묻는 질문 중 하나는 이런 것이다.

어린이집에서 누가 제일 좋아?

은채의 대답은 (당연하게도) 매일매일, 혹은 그때그때 달라진다. 그런데 그중 특히 요즘 오래 지속되는 이름이 있다. 이현승.

"현승이가 왜 좋아?"

시크릿 쥬쥬 숟가락 가득 밥을 퍼서 김에 싸 먹고 있는 은채를 보며 내가 말한다. 은채는 질문을 알아듣고 조금 쑥쓰러운지 엉뚱한 말로 피해 간다.

"메이웨이더."

"뭐?"

"메이웨이더."

"……"

"현승이 엄마가 중국 분이래. 어린이집에서 배워 왔나 봐."

은혜가 은채 먹기 좋게 김을 잘라 주며 끼어든다.

"무슨 뜻인데?"

"마싯다!"

은채가 비밀을 폭로하듯 소리친다.

"현승이가 좋아?"

"응."

"그럼 해 주고 싶은 말 있어?"

"응."

"뭔데?"

"중국말 가르쳐 줘서 고마워."

은채는 잠시 머뭇거리다가, 숟가락을 내려놓으며 덧붙인다.

"나도 중국말 말할게."

39

치사랑은 없어.

내가 가장 듣기 싫어했던 엄마의 말은 그거였다. 부모가 자식을 사랑하는 것만큼 자식이 부모를 사랑할 수는 없다고. 사랑은 물 같은 거라서 내리사랑은 있지만 치사랑은 없다고.

은채가 중국어를 했을 때처럼 엄마가 처음 그 말을 했을 때 나는 그 단어의 의미를 몰랐다. 외국어도 아니고, 사랑은 사랑인데, 치사랑? 치사량이랑 다른 건가? 엄마는 내가 모르는 단어를 자주 말했다. 존재하는 단어일 때도 있었고, 은어나 속어일 때도 있었으며, 외국어이거나 사투리(인천 사람인데도!) 혹은 아예 없는 단어거나 일부러 만들어 낸 단어일 때도 있었다. 하지만 다행히 치사랑은 사전에 있었다.

(명사)

손아랫사람이 손윗사람을 사랑함. 또는 그런 사랑.

솔직히 말하면 그 말을 들을 때마다 나는 속에서 분한 마음이 들었다. 정말 치사랑이 없다면 그걸 굳이 왜 나한테 말하는 건데? 엄마가 그런 말을 하는 건 입으로는 그렇게 말하면서도 속으로는 내 사랑을, 치사랑을, 하늘로 솟아오르는 물처럼 중력에 반하는 예외적인 애정을 바라기 때문이라고 짐작했다. 원하는 것을 돌려 말하는 건 비겁하다고도 생각했다.

하지만 은채에게, 사랑은 같은 언어로 말하는 것이라는 진리를 벌써 깨달은 것만 같은 이 아이에게, 나는 엄마와 비슷하지만 다른 말을 하고 싶다.

치사랑은 없어. 그래도 괜찮아.

40

고전 SF라 부를 수 있는 에드윈 A. 애벗의 『플랫랜드』에서 세계는 네 종류로 나뉜다. 포인트랜드, 라인랜드, 플랫랜드, 스페이스랜드. 점은 선의 세계를, 선은 도형의 세계를, 도형은 입체의 세계를 이해하지 못한다. '플랫랜드'라 불리는 2차원 세계의 주민인 사각형 앞에 3차원 공간 '스페이스랜드' 출신의 구(球)가 나타났을 때, 위쪽과 아래쪽이 없는 사각형의 눈에는 구가 움직일 때마다 자꾸 크기가 변하거나, 홀연히 나타났다 사라지는 것처럼 느껴진다. 사각형은 소리친다.

─ 이 사기꾼! 미친놈! 불규칙!

결혼하기 전까지 은혜와 나는 점이었다. 0차원, 그러니까 각자의 '포인트랜드'에서 왕 노릇 하던 사람들이었다. 그러다 이 두 개의 점이 결혼이라는 계약, 결심─몰입을 통해 선으로 이어졌다. 비로소 점 밖의 세상이 펼쳐졌고 우리는 '라인랜드'의 주민이 되었다. 그리고 한참 뒤에 은채라는 새로운 점이 나타났을 때, 더 이상 하나의 선은 서로 다른 위치의 점 세 개를 담을 수 없었다. 우리는 가족이라는 이름의 '플랫랜드'를 만들어 은채를 맞아들였다.

그 도형의 이름은 삼각형이었다.

언젠가 우리는 또다시 플랫랜드를 떠나 스페이스랜드로 가게 될까? 우리 눈앞에도 구가 나타날까?

41

「개를 데리고 다니는 여인」에서 이중적이고 위선적인 바람둥이 주인공 구로프는 크림반도의 휴양지 얄타에 머물다가 안나라는 이름의 젊은 유부녀와 사랑에 빠집니다. 스턴버그의 '사랑의 삼각형 이론'대로라면 이들의 사랑은 여덟 가지 유형 중 친밀감과 열정이 결합한 '낭만적 사랑'에 해당하죠. '낭만적 사랑'의 특징은 결혼으로 대표되는 약속과 규약, 즉 결심-몰입이 없다는 점입니다. 따라서 이 사랑에는 자유만 있고 책임은 없으며, 달콤하지만 동시에 일시적이기도 해요. 여행지에서의 사랑이 대개 이런데(이들이 얄타에서 만났다는 점을 기억하세요!), 이런 사랑은 여행의 종료와 함께 끝나는 것이 일반적입니다. 비일상의 공간에서 경험한 강렬한 로맨스로 각각의 삶에 기록되는 거죠. 하지만 일상의 공간으로 돌아온 뒤에도 이 사랑을 잊지 못하고, 심지어 상대방의 공간에 찾아간다면 어떨까요? 안 됩니다. 「비포 선라이즈」는 각자 다른 기차를 타면서 끝나야 하는 거예요. 기차를 같이 타면, 그때부터는 사랑 대신 비극이 시작됩니다. 양말 뒤집어 벗는 습관과 속옷 갈아입는 빈도와 치약 짜는 위치를 두고 싸워야 해요. (웃음)

일종의 프로 바람둥이 구로프에게 누군가를 잊는 것은 누군가를 사랑하는 것만큼이나 쉽고 익숙한 일입니다. 그는 닳고 닳은 남자이고, 살 만큼 산 인간이죠. (소설 속에서는 서른아홉으로 나오는데, 지금의 기준으로야 우습지만 그 당시 평균수명을 생각하셔야 해요. 실제로 구로프의 나이는 작가인 안톤 체호프가 이 소설을 쓸 때의 나이와 같고, 체호프는 그로부터 5년 뒤에 죽거든요. 제가 지금 40대 초반이지만 구로프처럼 인생 다 산 듯이 군다면 웃기지 않을까요? 요즘 40대는 영 포티라는데?) 그런데 이번에는 그게 잘 안 되는 거예요. 잊히지가 않아. 모스크바에 돌아와서 금방 극복할 줄 알았는데 그게 아닌 거죠. 혼자 삭여도 보고, 친구에게 대나무숲 해 보기도 하지만 안나는 더 선명해지기만 해요. 모든 게 다 안나의 뒷모습으로 보이고, 안나의 향기가 나고, 혼자 있으면 안나의 단추 푸는 소리가(이게 가능한가요?) 들려요. 너무 괴로운 거죠. 결국 구로프는 견디지 못하고 안나가 사는 S시로 찾아가 수소문 끝에 그녀를 만납니다. 안나는 여기서 이러면 안 된다고, 어서 돌아가라고 하죠. 이후 안나는 남편 몰래 2주에 한 번씩 구로프가 사는 모스코바로 와서 밀회를 나눕니다.

겉으로 보면 두 사람은 소설의 결말에 이르러서야 스턴버그가 말했던 '완전한 사랑'에 이르는 것처럼 보여요. 그렇잖아요. 얄타에서는 사랑의 두 가지 요소만 가진 '낭만적 사랑'을 했던 안나와 구로프가 마지막 요소인 결심-몰입(맞아요, 2주에 한 번씩 만나는 것도 일종의 약속이죠.)까지를 포함한 성숙한 사랑을 하게 된 거니까요. 구로프 입장에서 이 이야기는 한 번도 진짜 사랑을 해 본 적 없는 바람둥이의 '첫사랑'이고, 안나 입장에서는 정해진 규범 밖으로 벗어난 적 없는, 말하자면 한 번도 생동하는 삶을 살아 본 적 없는 사람의 '첫 생의 체험'인 거죠. 의미를 찾자면 그럴 거예요.

그런데 이 소설의 결말이 그렇게 느껴지나요? 해피 엔딩 같으세요?

……아니죠. 구로프의 대사 좀 보세요. 어떻게 하면, 어떻게 하면……. 지금 머리를 쥐어뜯으면서 고민하고 있잖아요. 작가도 거들어요. 마지막 부분 읽어 볼까요.

조금만 기다리면 해결책이 찾아지고 그때가 되면 새롭고 멋진 생활이 시작될 거란 생각이 들었다. 그러나 두 사람은 잘 알고 있었다. 가야 할 길은 아직도 멀고 멀며, 가장 복잡하고 어려운 부분은 이제 겨우 시작되었다는 것을.

완전한 사랑에 이르렀는데, 비로소 사랑의 삼각형을 완성했는데, 이 사람들한테 찾아온 게 뭔가요? 뭘 알게 됐나요?

고통입니다.

완전한 사랑이 시작된 순간, 순전한 기쁨이 아니라 복잡한 고통이 찾아온 거예요.

과연 이들에게만 그럴까요?

42

학생들은 구로프를 싫어했다. 소설 자체가 역겨웠다고 말하는 이들도 여럿이었다. 그들은 구로프가 추잡하고 위선적인 쓰레기이며, 소설은 불륜을 미화하고 있어 불쾌하다고 말했다. 나는 그들의 의견에 완전히 동의할 수는 없었지만 어느 정도 이해할 수 있었다. 누구나 자신만의 '랜드'가 있는 법이다. 다만 이런 이야기는 늘 덧붙였다. 소설이라는 실험실에서 우리에게 허락된 것과 허락되지 않은 것은 어떻게 구분해야 할까요? 소설의 인물들은 옳고 바르고 정의로운 인간이 아니라, 실패하고 어긋나고 부서진 인간이어야 하지 않을까요? 애초에 소설이란 윤리로 비윤리를 심판하는 재판정이 아니라, 비윤리를 통해 윤리를 비춰 보는 거울이자 그 둘이 싸우고 경쟁하는 경기장이 아닐까요?

물론 2021년의 시선으로 본다면 이 소설이 적어도 안나에게만큼은 불공평하게 쓰였다고 말할 수 있다. 그때마다 나는 1899년이라는 '시대 보정'이 필요하며, 이제 여러분이 안나의 이야기를 써야 할 때라고 말했다. 하지만 어느 학기 강의 평가를 열어 보았을 때, 가장 먼저 눈에 띈 것은 이런 문장이었다.

— 여혐 가득한 빨은 텍스트를 골라 놓고서 변명만 주구장창 늘어놓는 수업.

43

반대로 이런 일도 있었다.

지난가을의 일이었다. 간혹 특강이나 강연 요청이 들어와 학교 밖에서 문학 관련 강의를 할 때가 있는데, 이름이 복잡한 무슨무슨 '최고경영자 과정'에서 나를 초빙했다. 대학에서 시간강사나 하고 있는 무명작가에게 무슨 말을 듣고 싶어서? 나는 정중히 물었지만 주최 측에서는 그냥 주제 제한 없이 어떤 것이든 문학 관련 강연을 해 달라고 했다. 나중에 알고 보니 원래 섭외하려던 강연자는 텔레비전에 곧잘 얼굴을 비치는 유명 작가였는데, 그가 코로나 바이러스에 확진되어 급하게 대체 강사를 찾은 것이었다. 썩 기분 좋은 사연은 아니었지만 그런 과정이 없었다면 애초에 내가 초청될 일은 없을 자리이기에 호기심이 생겼다. 90분 강연에 100만 원을 준다는 제안도 솔깃했다. 내가 대학에서 받는 강사료는 몇 년째 시간당 4만 9000원에 고정되어 있었다.

어떤 내용으로 강연을 할까 고민하다가 최종적으로 체호프의 「개를 데리고 다니는 여인」을 골랐다. 살면서 '최고경영자'들을 만날 기회가 많지 않았으니, 그들이 어떤 종류의 사람들인지는 모른다. 하지만 그들도 사랑은 하지 않을까? 오스카 와일드가 말하지 않았던가. 저녁 식사에 은행가들이 모이면 예술을 논하고, 예술가들이 모이면 돈 얘기를 한다고. 나는 이 말을 꼭 예술가가 알고 보면 속물적이라는 비난과 조롱으로 받아들이지는 않는다. 그보다는 인간의 본성, 자신에게 없는 것을 희구하는 성질을 꿰뚫는 통찰이라고 생각한다. 은행가에게 없는 것은 예술이다. 작가에게 없는 것이 돈이듯이. 그렇다면 사랑 같은 감정도 마찬가지 아닐까?

처음 가 본 강남의 대형 호텔에서 열린 행사는 비현실적으로 화려하고 아름다웠다. 저녁 8시부터 강연 시작인데 6시까지 오라고 해서 무슨 이윤가 싶었는데, 강연 전에 먼저 뷔페

식으로 저녁 식사를 하는 일정이었다. 나는 너무 긴장한 나머지 눈앞에 차려진 화려한 음식들을 두고도 많이 먹지 못했다. 자연스럽게 대화를 나누며 식사를 하는 최고경영자들과 멀리 떨어져 구석에 있는 원탁에 홀로 앉아 빈 접시만 내려다보며 시간이 빨리 가기만을 바랐다. 몇십 분 후면 저 거대한 단상에 올라가 이들 앞에서 사랑의 삼각형이 어쩌고저쩌고해야 한다고 생각하니 현기증이 일 정도였다.

마침내 강연 시간이 이르자 주최 측 직원이 나를 단상 위로 안내했다. 그녀가 건네 준 무선마이크와 프리젠테이션 리모컨은 이제 막 시작될 전투에 비해서는 너무 초라한 무기처럼 느껴졌다. 흰머리를 가지런히 빗어 넘긴 '최고경영자 과정' 대표가 나와 인삿말을 하고, '유명 작가이자 교수'인 나를 소개했다. 둘 다 정확하게 나를 지칭하는 말은 아니었기 때문에 약간 당황하면서 나는 무대 가운데로 걸어 나갔다. 스포트라이트가 머리 위로 쏟아졌다. 어디선가 카메라 플래시가 터졌다.

긴장한 것에 비하면 청중의 반응은 나쁘지 않았다. 강의나 강연 중인 강사에게는 항상 두 가지의 시간이 동시에 흐른다. 하나는 강의 자체에 대한 시간이고, 다른 하나는 강의에 대한 생각, 즉 메타-강의적 시간이다. 지금 내 강의가 저들에게 잘 전달되고 있는지, 청중은 나를 어떤 표정으로 바라보고 있는지, 내 목소리나 호흡은 어떤지, 마치 나를 외부 카메라로 찍고 있는 것처럼 강의보다 하나 높은 차원에서 다양한 생각과 감각, 해석이 오가는 시간. 다행히 너무 밝은 조명 때문에 사람들의 표정은 잘 보이지 않았고, 내가 구로프를 '쓰레기'라고 부를 때마다 객석에서 희미한 웃음소리가 흘러나왔다. 나는 그 보이지 않는 웃음들에 의지하여 강의를 마쳤다.

박수가 쏟아지며 조명이 꺼지고 마이크와 리모컨을 반납하고 난 뒤에도 나는 어딘가에 붕 떠 있는 기분이었다. 직원과 인사를 나누고 강의료를 지급하는 문서에 서명을 하고 돌아선 뒤에도 그랬다. 모든 것이 끝났음을 깨닫게 된 순간은 집에 가기 위해 호텔 엘리베이터에 올랐을 때였다. 타는 순간 안도감이 밀려오면서 양쪽 겨드랑이가 땀으로 흠뻑 젖었다는 것을 깨달았다. 갑자기 온몸에서 힘이 쑥 빠져 버리는 느낌이었다. 내 의지와 상관없이 떨리는 손가락으로 닫힘 버튼을 누르려는데 누군가 엘리베이터 안으로 들어와서 나는 벽으로 붙어 섰다. 나중에 탄 사내가 1층과 닫힘 버튼을 대신 눌러 주어 다행이었다.

"강사님."

1층에 도착한 엘리베이터를 빠져나가려는데 뒤에서 목소리가 들렸다. 돌아보니 아까 뒤늦게 탄 남자였다. 50대 중후반쯤 되었을까? 깔끔한 회색 정장을 입은 머리가 희끗희끗한 중년의 남자가 나를 따라오고 있었다. 나는 돌아서서 그를 향해 묵례를 했다. 마스크 때문에 표정이 잘 보이지 않았다.

"구로프가 왜 쓰레기입니까?"

그의 질문은 오늘 강연이 좋았다거나, 명함을 주고받자거나, 안녕히 가시라거나 하는 내 예상을 뛰어넘는 것이어서 당황스러웠다.

"네?"

"강연 중에 그런 말씀을 여러 번 하셨잖습니까. 구로프는 인간 쓰레기라고. 정말 그렇습니까? 구로프가 쓰레기인가요?"

"아…… 우리가 상식적인 눈으로 보면 그렇게 부를 수도 있으니까요. 이중적이고, 모순적이고, 불륜을 습관적으로 하는 사람을 두고 좋은 사람이라고 말하기는 어렵지 않을까요?"

나는 그렇게 말했지만 답을 하는 동안에도 내 메타-답변 속에서는 어쩐지 내 답이 변명처럼 들리는 것 같아 불안했다. 내가 왜 이걸 변명하고 있어야 하지?

"하지만 결국 우리 모두는 구로프가 아닙니까?"

"그렇게…… 볼 수도 있습니다. 물론."

아주 잠깐 동안 그와 나 사이에 정적이 흘렀다. 나는 그의 눈동자에서 뭔가 읽어 내려 했지만 실패했다. 남자의 눈동자는 검었고 흔들림이 없었다. 해독 불가의 단단한 어둠. 나는 아까 무대에 오르기 전 경험했던 아득함을 다시 느꼈다.

"나는 내가 구로프라고 생각합니다."

남자의 다문 입은 마치 그것이 자신의 최종 판결이라고 말하는 것 같았다. 이 사람의 정체는 무엇일까? 그는 어떤 종류의 '최고경영자'일까? 내가 구로프를 쓰레기라고 부를 때마다, 어떤 이들은 웃었지만 어떤 이들은(내 눈앞의 그처럼) 입을 앙 다물었을까? 상처를 받았을까? 불쾌했을까? 구로프를 둘러싼 이 이중의 불쾌함을 어떻게 이해해야 할까?

"오늘 강의, 잘 들었습니다."

나는 뭐라고 말을 하려 했지만 그 전에 남자는 고개를 숙여 인사하고, 뒤돌아 엘리베이터를 향해 성큼성큼 걸어갔다.

44

체크리스트 for 은채
□ 아기 침대
□ 아기 욕조: 슈너글
□ 배냇저고리: 더 필요
□ 아기 띠, 수유 쿠션
□ 유모차 (디럭스/절충형/휴대용: 스토케? 요요?)
□ 바구니 카 시트

□ 아기 세제: 애티튜드

□ 손선풍기

□ 체온계: 브라운 6520 (미국 아마존 직구)

□ 신생아 보디 워시

□ 모빌: 타이니러브

□ 온습도계

□ 물 온도계

□ 스톱워치

□ 공기청정기

□ 아기 옷장

□ 수유 의자

45

"어때?"

내가 건넨 리스트를 훑어보던 은혜는 만삭의 배가 불편한
지 허리를 뒤척이며 말했다.

"그냥 조리원에서 쿠팡 앱만 깔면 된대."

"그래도 준비해야 하지 않아?"

"그게 맘 편하면 그렇게 해."

"내가 유난 떠는 거야? 넌 뭐 하고?"

"나?"

은혜는 얼굴을 찡그렸다.

"말했잖아, 앱 깐다고."

46

무언가를 정의한다는 건 애당초 가능한 일일까?

나에게 사랑은 체크리스트를 작성하는 것이다. 은혜에게 사랑은 앱을 까는 것이다. 우리는 서로를 사랑했고 지금도 사랑하고 앞으로도 사랑할 거였지만 그 사랑의 형태는 달랐다. 태어날 아이에게도 마찬가지였다. 나는 끊임없이 생각했고 은혜는 필요할 때 행동했다. 나는 준비했고 은혜는 해결했다. 나는 설명했고 은혜는 안아 줬다. 누가 더 사랑했다고 말할 수 있을까? 어느 사랑이 더 크다고 말할 수 있을까? 사랑은 누가 맞고 틀리고를 가르는 오엑스 퀴즈가 아니다. 진짜 사랑은 아마도 오와 엑스 사이 어디쯤…… 있을 것이다.

결혼한다는 소식을 전했을 때 H 선생님은 축하 문자를 보내왔다.

—"사랑을 하고, 전쟁을 피하라. 만약 둘 다 하고 싶으면

결혼을 해라." 축하한다.

답은 삼각형.

사랑은 세모다.

47

나: 물어볼 게 있어.

은채: 뭔데?

나: 사랑이 뭐야?

은채: …….

나: 사랑이 뭔 거 같아?

은채: 비밀 얘기.

　　　(나에게만 귓속말로)

　　　펑펑!

나: 하나 더 물어볼 게 있어.

　　은채는 왜 엄마 아빠 결혼식에 안 왔어?

은채: …….

나: 우리가 얼마나 기다렸는데.

은채: 엄마 아빠 결혼식에 안 가서 미안해. 내가 깜빡해서

　　　못 갔어.

은혜: (팔꿈치로 나를 치며) 그만해.

나: 뭐 어때.

은채: ……다음에 할 땐 꼭 같게.

대화

48

서사가 있는 글을 쓸 때 우리는 크게 세 종류의 문장을 사용합니다. 이야기를 진행시켜 주는 서술, 인물과 상황, 배경을 보여 주는 묘사, 그리고 인물들 간의 의사소통을 보여 주는 대화. 오늘은 그중 대화에 대해 살펴보려고 합니다. 대화란 무엇일까요? 말이란 어떤 걸까요?

말이란 기만적입니다. 기본적으로 정직할 수 없어요. 말은 앞서 나가거나 뒤처지거나, 과장하거나 숨깁니다. 누군가를 드러내는 것은 행동이죠. 그래서 언행일치가 어렵다고 하는 거고요. 일상에서나 글에서나, 어떤 인물의 본심은 언제나 행동에 있습니다. 진실을 말하는 것은 입이 아니라 몸입니다. 이기에도 이름을 붙일 수 있겠죠. 보디랭귀지, 즉 몸짓언어입니다. 어떤 사람이 눈물을 흘리고 있습니다. 괜찮아? 물어보니까 이 사람은 답합니다. 괜찮아, 아무 문제 없어. 그렇다면 이 상황에서 그 사람의 진실은 무엇일까요? 괜찮다고 말했으니까 아무 문제 없는 걸까요? 그렇지 않습니다. 그가 흘리는 눈물이 아마도 그의 진실과 더 가까울 겁니다. 누구나 쉽게 알 수 있죠. 그것은 우리가 태어나면서부터 이 몸짓언어를 끊임없이 배우고 익히기 때문입니다. 우리는 서로를 읽습니다. 말이 없어도 타인을 해독할 수 있어요. 심지어 자막이 없는 외국 영화를 본다고 해도 우리는 어렵지 않게 인물들의 감정을 알 수 있습니다. 왜요? 감정은 말에만 있지 않기 때문입니다.

대화는 이런 말들로 구성되어 있기 때문에, 지켜야 할 몇 가지 원칙이 있습니다. 첫 번째, 말하는 사람을 드러내야 합니다. 말을 통해 그가 어떤 사람인지를 보여 주어야 한다는 것이죠. 아는 사람을 만났을 때 인사하는 방식을 보세요. 보통은 "안녕?", "안녕하세요?"라고 하겠지만 어떤 사람들은 대신 이렇게 말합니다. "얼굴이 왜 그래?", "살이 좀 쪘네?" (요즘 내가 자주 듣는 말인데요, 우리나라 사람들은 대체 왜 다른 사람 얼굴에서 체중계를 보는 걸까요?) 이런 것도 있습니다. "아직 안 죽었냐?", "뭐 좀 먹었어?" 아니면 단순하게, "왔냐?" 예의 바르게,

"밤새 평안하셨습니까?" 인사로 어떤 '말'을 하느냐를 보면 우리는 그 사람이 어떤 사람인지 짐작할 수 있습니다.

두 번째, 서로 다른 입장, 즉 '갈등'을 드러내야 합니다. 기계적으로 주고받는 평이한 대화에는 아무 의미가 없어요. 정보 값이 존재하지 않습니다. 이건 1번 원칙과도 연결되어 있어요. 우리가 이렇게 다른 사람인데, 교과서에 나오는 것 같은 대화가 가능할까요? 한번 들어 보세요.

A: 안녕하세요.
B: 안녕하세요.
A: 그동안 잘 지내셨나요?
B: 네, 잘 지냈습니다.

무려 네 줄의 대화를 썼는데, 독자로서 우리는 무엇을 알게 되었나요? 아무것도 없습니다. 그래서 이건 대화가 아니에요. 회화입니다. 우리가 외국어를 배우고 현지에 가서 느끼는 어려움이 이런 거죠. 교과서에서는 회화를 배웠는데, 가서는 대화를 걸어오니까 말을 할 수가 없는 거예요.

진짜 대화에는 언제나 갈등이 있습니다. "안녕하세요?"라고 물으면 "지금 내가 안녕하게 보여?"라는 답이 돌아오는 거죠. 이런 '진짜 대화'를 심도 있게 경험하고 싶으시다면……

결혼을 하시면 됩니다.

49

은채를 임신하기까지 나는 은혜 눈치를 봐야 했다. 매일매일 은혜의 기분이 어떤지 살피고, 궁금해하고, 물었다.

괜찮아?

은혜가 출근한 뒤 쓰레기통에서 한 줄이 선명한 임테기를 발견한 날이면 물었다.

괜찮아?

은혜가 퇴근 후 지친 표정으로 집에 돌아오면 물었다.

괜찮아?

주말에 아침 늦게까지 일어나지 못하는 은혜에게 물었다.

괜찮아?

과배란시킨 난자를 채취하기 위해 병원으로 향하는 차 안에서 물었다.

괜찮아?

그때마다 은혜는 고개를 끄덕이거나, 짧게 응, 하고 답하거나, 가끔은 화를 냈다. 그만 좀 물어봐. 안 괜찮으면 어쩔 건데?

어쩌면 나는 이미 알고 있었는지 모른다. 은혜가 괜찮지 않다는 것을. 그럼에도 왜 계속 괜찮냐고 물었을까? 대화란 일종의 통과 발언. 어떤 임무를 수행하는 내적 행동이다. 그렇다면 나 역시 그 말을 통해 무언가를 하고 싶었던 걸까? 은혜에게 나의 불안을 투사한 뒤, '괜찮아?'라는 말로 괜찮을 것을 명령하고 있었던 것은 아닐까? 은혜가 보내는 몸짓언어를 해독하는 대신?

50

시간만 여러 차원으로 흐르는 것은 아니다. 대화도 마찬가지다. 대화는 깊은 강 같아서, 표면에서 흐르는 것과 바닥에서 흐르는 것이 다르다. 빙산의 일각처럼 텍스트 밑에는 언제나 서브텍스트가 잠겨 있고, 드러나는 것은 (헤밍웨이의 말에 따르면) 8분의 1에 불과하다. 양말을 뒤집어서 벗어 놓는다는 이유로 이혼하는 부부가 있다면 믿을 수 있을까? 그게 불가능하다고 생각한다면, 이는 표면과 이면을 혼동했거나 물속 깊이 잠겨 있는 8분의 7을 보지 못한 결과다.

저녁을 먹고 들어올 때까지 이 부부의 분위기는 나쁘지 않았다. 화장실 입구 근처에서 뒤집어진 양말을 발견하기 전까지는.

아내: 양말을 또 이렇게 벗어 놨어?

  (=당신은 지난번 내가 했던 말을 귀담아듣지 않은 거야?)

남편: 아이고, 죽을 죄를 졌습니다.

  (=별거 아니잖아. 원래 이런 사람인 거 알면서. 좀 봐줘.)

아내: 지금 장난치는 거야?

  (=당신은 항상 이런 식이지. 내 말을 무시하면서도 내가 뭔

  가를 지적하면 나를 속 좁은 사람으로 만들어.)

남편: 미안해. 민망해서 그러지.

  (=양말을 잘못 벗어 놓은 건 미안하지만 이게 그렇게 화낼

  일은 아닌 것 같아. 계속하면 나도 화가 날지 몰라.)

아내: 이걸 보면 내 기분이 어떨 것 같아?

  (=이건 단순한 일회성 사건이 아니야. 반복되는 일이고 습

  관이고 태도야. 당신은 양말을 무시하는 게 아니라 내 존재

  를 무시하고 있는 거야.)

남편: 줘, 내가 뒤집으면 되잖아. 줘!

  (=언제나 작은 일을 크게 만드는 건 당신이야. 내가 잘하는

  건 당연한 거고, 고작 양말 뒤집어 벗는 건 이렇게 비난냉할

  일이야? 일의 경중을 그렇게나 구분 못 해?)

아내: 이혼해.

(=이제 당신을 설득하는 건 지쳤어. 내 존재를 인정하지 않
으려는 사람과는 살 수 없어.)

남편: 나라고 못 할 줄 알아?

(=우리는 곧 양말 때문에 이혼한 부부가 되겠군. 맘대로
해. 나도 이제 지긋지긋하니까.)

이 부부는 정말 양말 때문에 이혼하는 걸까? 아니면 양말
이라는 이름의 깊은 강바닥을 흐르는 저류가 범인일까?

51

엄마와 아빠는 반대로 뻗어 나가는 직선의 양 끝점처럼 어
울리지 않는 사람들이었다. 둘 사이를 연결하고 있는 선, 결혼
이라는 이름의 둔탁한 라인이 없었다면 그들은 평생 말 한번
섞지 않는 게 더 어울릴지도 몰랐다. 아빠는 느긋하고 둔감
하고 여유 있는 사람이었고, 엄마는 계획적이고 예민하고 염
려가 많은 사람이었다. 당연히 둘은 자주 다퉜지만, 다행인지
불행인지 이혼하지는 않았다. 두 사람의 성격은 그들이 평소
자주 하는 말과 닮아 있었다.

아빠는 늘 말했다.

"별거 아냐."

엄마도 늘 말했다.

"보통 일이 아니네."

따라서 일어나는 일들에 대한 두 사람의 판단과 반응은 다를 수밖에 없었다. 말과 언어는 세상을 바라보는 일종의 정신적 구조물이다. 아빠에게는 사람이 죽고 사는 문제가 아닌 이상(때론 그런 문제들까지도) 별것 아닌 일이었고("그러다 죽으면 죽는 거지, 뭐 별 수 있나."), 엄마에게는 가스비 고지서를 확인하는 일조차 보통 일이 아니었다("이것 봐, 지난달보다 1927원이 더 나왔잖아. 보통 일 아니다.")

사춘기 시절 내 주된 괴로움 중 하나는 부모가 나에게 각자 털어놓는 서로에 대한 비방이었다. 아빠는 엄마의 집요함과 강박과 히스테리컬함을, 엄마는 아빠의 게으름과 무심함과 계획 없음을 비난했다. 이런 비방들은 부엌에서, 문 앞에서, 조수석에서, 엘리베이터에서, 서점과 목욕탕에서, 아무런 예고와 맥락 없이 이뤄졌다. 내 반응은 대개 심드렁했는데(당시 나는 이러한 태도가 내가 취할 수 있는 최대한의 중립이라고 생각했다.), 그러면 이야기를 마친 엄마와 아빠는 신기하게도 꼭 같은 말을 했다.

—넌 꼭 니 아빠/엄마를 닮아 가지고.

나는 늘 중간이 있었으면 좋겠다고 생각했다. 별거 아닌 일은 별거 아닌 일로, 보통 일 아닌 일은 보통 일 아닌 일로 받아들일 수 있는 중간. 네모나 동그라미 말고. 세모. 삼각형.

나이가 들고 결혼을 하고 아이를 갖고 난 뒤에야 비로소 나는 그들이 끝내 이혼하지 않았던 이유를 깨닫게 되었다. 그들은 직선이 아니라 삼각형이었고, 내가 몰랐던 그들의 세 번째 꼭짓점은 바로,

나였다.

52

인류 역사를 통틀어 대화문으로 가장 유명해진 사람이 있다면 누구일까요? 저라면 윌리엄 셰익스피어를 들겠습니다. 셰익스피어는 16세기와 17세기에 걸쳐 활동했던 영국의 극작가로, 50년 조금 넘게 사는 동안 37편의 희곡, 150여 편의 소네트를 남긴 불멸의 거장입니다. 대문호라고 하니까 왠지 볕이 잘 드는 작업실 창가에 앉아 한가롭게 글만 썼을 것 같지만, 실제로 셰익스피어는 글로브라는 극장의 극장주(정확히는 일곱 명 중 한 사람)이기도 했습니다. 자신이 경영하는 극장에 올릴 희곡을 직접 썼다는 거죠. 오늘날에 비유하자면, 동네 CGV 사장님이 주말에 극장에 걸 영화를 찍기 위해 날마다

카메라를 들고 돌아다니는 것과 비슷하다고 할까요?

셰익스피어는 걱정이 많았습니다. 사람들이 이 이야기를 좋아해 줄까. 어떤 부분에 열광하거나 실망할까. 매일매일 올라가는 공연에 쓰일 대본을 쓰고, 관객의 반응을 보며 고치고 수정하고 덧붙이고, 때론 쪽대본을 써서 건네기도 했습니다. 조금 오래된 영화지만 「셰익스피어 인 러브」라는 영화를 보면 이 과정이 (다소 과장되기는 했으나) 잘 드러나 있습니다. 게다가 당시 무대에는 여자가 올라갈 수 없었어요. 지금이라면 상상도 못 할 일이죠. 여러분의 동심을 파괴하는 것 같기는 하지만, 그러니까 「로미오와 줄리엣」에서 줄리엣은 남자였다는 겁니다. 「햄릿」의 오필리어도, 「십이야」의 바이올리도, 「리어왕」의 코딜리어도 모두모두 남자 배우가 연기해야 했어요. 소년이거나, 여자 흉내를 잘 내거나, 운 좋게 변성기를 피해 간 배우들이 이런 역할을 맡았죠. 그래서 「셰익스피어 인 러브」에서는 무대에 올라가고 싶어서 남장을 하는 (허구의) 셰익스피어의 여자 친구가 등장합니다. 남장을 한번 하고, 무대에 올라가 다시 여자를 연기하는 거죠. 그러다 누군가에게 발각되는데요, 그가 여자라는 것을 알아챈 관객이 소리를 지릅니다. "저 여자, 여자예요!(That woman, is a woman!)"

셰익스피어의 대사들을 듣다 보면 몇 가지 이유로 정신이 없습니다. 일단 내용 전개가 요즘 흔히 말하는 '막장 드라마'

인 데다가, 인물들은 많지 이름은 복잡하지, 게다가 왜들 그렇게 욕을 길고 정성스럽게 늘어놓는지. 비밀은 운율에 있습니다. 셰익스피어의 대사에는 운문과 산문이 섞여 있는데, 운문 부분은 아이엠빅 펜타미터(iambic pentameter), 우리 말로 약강오음보라는 운율을 따르는 말 그대로 '시'거든요. 중요한 대사들은 대부분 운문으로 쓰여 있고, 따라서 이걸 무대에서 원래 쓰인 리듬대로 읽으면 아주 그럴듯하게 들리죠. 마치 노래나 음악 같다고 할까요? 음악이 뭐예요? 멜로디와 리듬이 있으면 음악 아닙니까? 운율이 실린 언어에는 고저장단이 있고, 그러면 언어는 음악이 되는 것이죠. 고저는 멜로디고 장단은 리듬이니까요. 우리말에는 이제 지역 방언에만 이런 음악적 요소들이 남아 있죠. 높낮이와 길고 짧음 없이 말하는 플랫한 언어가 표준어가 되는 건 어떻게 보면 참 슬픈 일이에요.

셰익스피어의 희곡을 이해하기 어려운 이유는 또 있어요. 원래 희곡은 공연을 전제로 쓰이는 일종의 악보이자 설계도인데, 그걸 인쇄해서 책으로 만들고 다시 번역까지 하니까 그 느낌이 제대로 전달되기란 거의 불가능하죠. 실제로 셰익스피어는 자기가 살아 있을 때 희곡집을 펴낸 적도 없거든요. 지금 우리가 '읽는' 셰익스피어라는 것은 수백 년 동안 학자들과 연구자들이 얼기설기 남아 있는 자료들을 열심히 '편집'해서 재탄생시킨 것들이에요. 한마디로 셰익스피어의 텍스트에는 진짜가 없습니다. 무수히 많은 가짜들이 모여 하나의 어렴풋한 진짜를 상상하고 구성하는 셈이죠. '가짜가 모여 만드는 진짜.' 이건 이야기라는 말이 본래 의미하는 바이기도 하고요. 어때요, 근사하지 않나요?

……저기, 미안하지만 창가에서 졸고 있는 저 햄릿 좀 깨워주세요. 자느냐, 깨느냐, 그것이 문제로다.

53

매 학기 수업마다 유난히 마음에 걸리는 학생들이 있다.

수업 때마다 창가에 앉아 내리쬐는 햇살을 받으며 조는 학생. 이번 학기에는 그가 주인공이다. 그의 이름은 이무영. 지금 대학에 갓 들어온 신입생들보다 학번이 예닐곱 개는 높은 그는, 무슨 사연인지는 알 수 없지만 아직도 학부를 다니고 있다. 아마도 스물보다는 서른에 가까울 것이다. 유년의 기억이 없으며 늘 혼자 앉고 수업 대부분의 시간에 눈을 감고 있는 그는, 이따금씩 눈을 뜨고 있을 때도 끊임없이 입술 끝에서 무언가를 중얼거리고 있다. 수업에 방해가 된다고 하기엔 애매하고, 그렇다고 신경이 전혀 쓰이지 않는다고 할 수도 없어 몇 번이나 주저하다가 나는 어느 수업 후 우연히 교실에

둘만 남게 되었을 때 그를 향해 묻는다.

"있잖아요, 수업 시간에 혼자서 무슨 말을 하는 거예요?"

그는 전혀 당황하지 않은 표정으로, 마치 그 질문을 오랫동안 기다려 왔다는 듯이, 기쁨과 설렘과 비밀과 장난기가 섞인 묘한 웃음을 지으며 나에게 대답한다.

"기도인데요."

54

신에게 말을 한다는 점에서, 또 신의 말씀을 듣는다는 점에서 기도는 신과의 대화다. 인간들 사이의 대화가 그러하듯, 초보적인 기도는 신에게 말을 하는 것(저에게 이런저런 것을 허락하시고, 예비하시고, 보여 주시고, 해결해 주시옵소서!)에서 시작하지만 성숙한 기도는 신의 뜻을 듣는 것(말씀하시옵소서, 내가 그대로 따르겠나이다.)에 초점을 맞춘다. 나는 썩 성실한 크리스천은 못 되었지만 엄격한 기독교 문화 속에서 성장했으므로, 마음이 약해지고 희망이 사라질 때면 나를 위해 기도하던 엄마의 뒷모습을 자동적으로 떠올리곤 했다.

은채가 태어나고 백일쯤 되었을 무렵, 보채며 잠들지 않는 아이를 재우기 위해 불 꺼진 방에서 아이를 안고 얼르다가 문득 저절로 기도가 나온 적이 있다. 나는 아래 세 개의 문장을 반복해서 계속 중얼거렸다.

— 하나님, 이 아이가 세상에 태어난 걸 후회하지 않게 해 주세요. 자신을 태어나게 한 부모를 원망하지 않게 해 주세요. 삶의 의미와 기쁨을 알게 해 주세요.

그리고 조금 울었는데, 눈물이 얼굴로 떨어지는 바람에 잠 들려던 아이는 깨어 한참을 더 울었다.

55

엄마는 평생 동안 새벽 4시에 일어났다. 4시 30분에 열리는 교회 새벽기도회에 가기 위해서였는데, 나는 그런 엄마와 마주치는 것을 피하기 위해 밤새 뭔가를 하다가도 4시가 되면 방에 들어가 부러 자는 척을 하곤 했다. 새벽기도는 우리나라에만 있는 이상한 풍습이라고, 정화수 떠 놓고 비는 것과 다르지 않다고, 4시 30분은 해 뜨면 일어나 논밭에 나가야 하는 농경문화 때 만들어진 시간이므로 아침에 출근하는 현대사회와는 맞지 않는다고, 나는 때때로 엄마 속을 긁어 놓았다. 물론 그건 엄마가 새벽기도를 나에게 강요할 때 하는 얘기였다.

하지만 생각해 보면 내가 한 번도 궁금해하지 않았던 것도 있다.

엄마는 무얼 빌었을까?

56

세 돌이 지나고 아이가 문장 단위로 말할 수 있게 되자, 잠들기 전에 아이는 기도를 해 보겠다고 떼를 썼다. 일요일마다 식사 때마다 혹은 가족이 모일 때마다 엄마 아빠 할머니 할아버지가 하는 행위를 따라 하고 싶었던 모양이었다. 아내는 기도의 형식을 알려 주었고, 은채는 어둠 속에서 눈을 반짝이며 엄마 얘기에 귀를 기울였다.

"할 수 있떠, 할 수 있떠!"

토끼와 당근이 그려진 주황색 잠옷을 입고 누운 채로, 2020년 8월 은채는 생애 최초의 기도를 드렸다. 하나님, 엄마가 아프지 않게 해주띠고, 어린이집 친구들이 아프지 않게 해주띠고, 어린이집 선생님이 아프지 않게 해주띠고, 인천 할아버지가 아프지 않게 해주띠고, 대구 할아버지랑 할머니가 아프지 않게 해주띠고, 고모가 아프지 않게 해주띠고, 해피가 아프지 않게 해주띠고……. 아이는 처갓집 강아지의 건강까

지 빌더니 돌연 거기서 기도를 끝내 버렸다. 나는 못내 섭섭
했다.

"은채야, 빼 놓은 거 없어?"

은혜가 웃음을 참으며 묻자 아이는 아, 맞따! 하더니 다시
손을 모았다.

"하나님, 코로나도 아프지 않게 해주떼요."

57

커트 보니것의 소설 『제5도살장』에는 '평온의 기도'로 알려
진 신학자 라인홀트 니버의 기도문이 두 번 등장한다.

하나님, 우리에게

바꿀 수 없는 것을 받아들이는 평온함과

바꿀 수 있는 것을 바꾸는 용기와

언제나 이 둘을 분별하는 지혜를 허락하소서.

첫 번째로는 주인공 빌리의 진료실 벽에 걸려 있고, 두 번
째로는 빌리가 트리팔마도어로 시간 여행을 할 때 만나는 여
인 몬태나 와일드핵의 목에 걸린 로켓의 바깥에 새겨져 있다.

몬태나는 빌리에게 묻는다.

"또 시간 여행을 하고 있었나요? 이번엔 어디예요?"

빌리가 답한다.

"뉴욕."

보니것에 따르면 빌리가 바꿀 수 없는 것은 과거, 현재, 미래다. 따라서 그에게 필요한 건 이 모두를 받아들이는 평온함뿐. 기도의 나머지 부분, 용기와 지혜는 처음부터 구할 필요가 없다.

나는 어떨까? 잘 모르겠다.

평온함은 없다.

용기도 없다.

뉴욕…… 은 다시 가고 싶다.

아, 한 가지 받은 게 있다.

지혜.

기도 속 지혜 말고,

문지혜.

6

환상

58

문지혜가 연애를 시작했다는 뉴스는 꽤 충격적이었다. 심지어 나는 그걸 은혜에게 들었다.

"아가씨 남자 친구 생긴 거 알아?"

은혜는 아빠한테 들었다고 했다.

"그럴 리가. 정상적으로 말이 통하는 사람이면 왜 걔를 만나겠어?"

내가 빈정거리자 은혜는 내 어깨를 가볍게 쳤다.

"가족한테 그게 무슨 말이야. 농담이라도."

그러더니 뭔가 생각난 듯 눈을 동그랗게 뜨고 덧붙였다.

"맞다, 그러고 보니…… 외국 사람이라던데?"

그 말을 듣자마자 나는 동생에게 전화를 걸었다. 지혜는 예의 건조한 목소리로, 회의 중입니다, 하더니 내 대답은 듣지도 않고 끊어 버렸다.

한국에 돌아오면 자연스럽게 지혜도 더 자주 만나게 될 거라고 생각했던 건 오산이었다. 오히려 미국에 있을 때보다 심리적 거리는 더 멀어진 것 같았다. 몸이 외국에 있을 때는 정신적으로라도 가까운 느낌이었는데, 같은 땅에 살게 되니 실제적인 연락의 빈도는 더 뜸해졌다. 어쩌면 우리 둘 사이를 이어 주던 꼭짓점인 엄마가 없어졌기 때문인지도 몰랐다.

전화는 밤늦게야 다시 걸려왔다.

—너 뭐야. 찬찬히 다 말해 봐.

문지혜는 내가 오늘 하루 종일 보고만 하다 끝났는데 오빠한테까지 보고를 해야 하는 거냐며 잠시 분개했지만 곧 약간 민망한 말투로 자신의 연애담을 털어놓았다.

남자 친구의 이름은 라이언. 그는 15년 차 회계사로, 미국 본사 소속이었다. 지혜네 광고 회사는 몇 년 전 외국계 글로벌 광고 회사와 합병했는데(말이 합병이지 실제로는 일방적으로 팔렸다.) 그러자 감사 시즌이 되면 본사에서 회계사들 몇이 파견되어 오기 시작했다고 한다. 그들을 위해 머물 곳과 일할 곳을 세팅해 주고("뭐 그렇게 좋은 호텔들을 찾으시는지.") 주말이면 적당히 시내 관광도 시켜 주고("경복궁에 가서 사진 찍는 걸 제일 좋아할 줄 누가 알았냐고."), 본사에 올릴 보고서 내용을 떠보느라 이런저런 이야기도 나누다 보니 어느새 연인이 되어 있더라는 것.("더 자세히 설명해서 뭐 해.") 다만 코로나로 인해 지금은 오랫동안 못 보고 있어서 롱디 커플로 지내는 중이라고 했다.("줌으로 회의만 하는 줄 알았어?")

— 미국에서 사는 거 어떻게 생각해.

보고 끝에 지혜는 뜬금없이 말했다.

— 사람 나름이지. 왜?

— 나 결혼할까 봐.

내가 대답을 못 하고 있자, 지혜가 말을 이었다.

— 내 생각은 아니고. 결혼하재. 얼굴 보고 살고 싶다고.

순간 머릿속에서 온갖 말들이 소용돌이치며 떠돌았다. 문지혜가 결혼을 한다고? 미국 사람이랑? 진지하게 조언을 해야 하는 건지 농담으로 피해 가야 하는 건지 판단이 서지 않았다. 이 상황 자체가 너무 비현실적이었다. 결혼에 관한 최고의 조언은 하지 말라는 거야, 같은 농담 쪽으로 마음이 기울고 있는 사이 지혜가 먼저 쐐기를 박았다.

— 아빠까지 죽기 전에 빨리 해야지.

59

여러분 다 읽어 오셨나요?

흔히 카프카의 소설들을 환상문학으로 분류하죠. 오늘 우리가 살펴볼 「변신」 같은 소설이 대표적입니다. 아마 읽지 않았더라도 내용은 알고 있을 거예요. 한 남자가 어느 날 갑자기 벌레가 되어 버리는 이야기. 유명한 첫 문장이죠? "어느 날 아침, 불안한 잠에서 깬 그레고르 잠자는 자신이 침대에서 흉측한 해충으로 변했다는 것을 알아차렸다."

하지만 이 이야기의 핵심은 잠자가 벌레로 변하지 않았다는 데 있습니다. 무슨 말이냐고요? 제 얘기를 잘 들어보세요.

질문을 바꿔 볼까요? 잠자가 '어떤' 벌레가 되었는지 아는 사람 있나요? 바퀴벌레? 무당벌레? 장수하늘소? 끔찍한 벌레인 것은 맞아요. 구체적으로 묘사된 부분을 보면 커다란 곤충처럼 보이기도 합니다. 그러나 카프카는 끝까지 이 벌레가 구체적으로 무엇인지는 우리에게 알려 주지 않아요. 절대로요.

물론 변신 자체가 일어나지 않았다는 뜻은 아닙니다. 변하긴 변했죠. 카프카가 「변신」에서 다루고 있는 주제는 분명 '동물이 된다는 것'이니까요. 다만 그 변신이 어느 하나의 정체성에서 다른 정체성이 되는 건 아니라는 뜻입니다. 잠자의 변신은 인간이 바퀴벌레가 되거나, 기린이 되거나, 코끼리가 되는 것 같은 변신이 아니에요. A에서 B가 된 것이 아니라, A에서 물음표가 된 것입니다. 이동이 아니라 실종이에요. 제 생각에 카프카가 우리에게 말하고 싶은 건 이런 겁니다. 잠자는 우리가 모르는 어떤 '동물'이 되었지만, 이 동물은 무엇으로도 이름 붙일 수 없다, 우리는 그것의 정체를 알 수 없고, 알아서도 안 된다, 잠자가 속한 세계는 결코 우리에게 이를 허락하지 않는다, 그것은 영원한 어둠 속에, 우리의 인식 밖에 숨겨져 있어야만 한다……

이 그림 좀 보실래요?

이건 카프카 생전에 발표되었던 「변신」의 표지입니다. 이 작품이 출간될 때 카프카는 출판사에 한 가지 부탁을 했다고 해요. 절대로 벌레의 모습이 보여서는 안 된다고. 여기서도 그렇죠? 남자는 두 손으로 얼굴을 감싸쥐고 있고(이미 아무것도 보지 못하고 있죠.) 반쯤 열린 문틈으로 보이는 것은 어둠뿐입니다. 아무것도 없어요. 아니, 아무것도 보이지 않아요. 보이는 것은 무섭지 않습니다. 정말로 무서운 것들은 눈에 보이지 않죠. 오직 상상만 할 수 있을 뿐입니다. 생각해 보세요. 정말로 우리를 두렵게 만드는 것은 어떤 것들인가요? 닫힌 상자, 어두운 문틈, 골목길 모퉁이, 내일 일어날 일, 다가오지 않은 미래……. 진정한 공포는 우리가 알지 못하고 보지 못하는 텅 빈 공간에서 비롯됩니다.

아, 한 가지 빼먹었네요.

백색의 종이…….

60

네 살 무렵 신데렐라 이야기를 알게 된 다음부터, 아이는 매일 밤 잠자리에서 그 이야기를 해 달라고 졸랐다. 대신 거기엔 조건이 있었는데, 신데렐라나 계모, 두 언니와 왕자님 대신 자기와 어린이집의 다른 친구들 이름을 넣어서 이야기를 해 달라는 거였다. 매일 밤 신데렐라 이야기는 하연이의 이야기로, 규리의 이야기로, 예주의 이야기로 바뀌어 말해졌다. 특이한 점은 은채가 늘 자신의 이름을 신데렐라가 아니라 배다른 언니들에 사용하기를 원한다는 거였다.

"왜 언니 역할을 하고 싶어? 언니들은 나쁜 사람들인데? 신데렐라는 싫어?"

어느 밤 내가 묻자 아이는 금방이라도 울 것 같은 표정을 지었다.

"신데렐라 싫어."

"왜?"

"엄마가 없잖아. 엄마 없는 거 싫어. 청소랑 빨래하는 것도 싫어."

"또?"

"12시 전에 집에 뛰어오는 것도 싫어. 문 닫힐까 봐 싫어."

"그리고?"

"구두 신어 보는 것도 싫어. 맞을지 안 맞을지 모르잖아……."

어둠 속에서 아이는 울먹거리며 말했다.

"아빠, 나 무서워."

61

아이와 놀이터에 가면 비현실적인 풍경이 펼쳐진다. 한 동짜리 우리 아파트에는 초라한 탈것들, 이를테면 스프링 달린 보라색 하마와 눈이 지워진 초록색 개구리와 낡은 자동차 모형이 전부지만, 근처 대단지 아파트의 놀이터에 가면 화려한 색색의 놀이 기구들이 있다. 그중에서도 은채는 정글짐과 그네를 좋아한다. 정글짐을 기어 올라가고 발을 구르며 그네를 탄다.

놀이터에 들어설 때마다 나는 묘하게 세계가 나뉘는 느낌을 받는다. 놀이터가 있는 대단지 아파트 주민이 아니라는 계급적인 것만은 아니다. 엄마들끼리 이야기를 나누고 아이들끼리 노는 동안, 그 안에서 아이의 아빠인 나는 있지만 없는 사람이 된다. 엉거주춤한 자세로 엉거주춤한 존재가 된다. 아무도 땡을 해 주지 않는 얼음처럼 나는 놀이터 한쪽에 어색하게 서 있다. 뛰어다니며 서로를 얼음에서 구해 주던 친구들은 모두 집으로 돌아가 버린 지 오래다. 남은 내가 여기서 뭘 할 수 있을까? 나도 엄마가 올 때까지 기다려야 할까? 저녁은 먹을 수 있을까? 구멍이 된 나는 그저 주문처럼 언젠가 스치듯 읽었던 구절을 반복해서 생각할 뿐이다. '비어 있음'이란 있음의 가장 쓰라린 형식이다……

그리고 비어 있는 공간에는 늘 뭔가가 침투한다.

나는 은채가 정글짐을 타는 게 싫다. 자꾸만 어떤 장면이 상상되기 때문이다. 아이가 손을 미끄러져 아래로 떨어지는 모습. 퉁, 퉁, 둔탁한 소리가 들리고 누군가 비명을 지르는 장면. 의식을 잃은 아이를 두 팔로 안고 어딘가로 달려가는 나. 사이렌과 응급실, 수술과 동의서. 지진계의 바늘처럼 펜을 쥔 채 떨리는 손가락.

언젠가 강의하러 가는 도중 은혜의 전화를 받은 적이 있다. 애가 아래로 굴러떨어졌대. 어린이집 계단에서. 은혜는 넋 나간 사람처럼 중얼거렸다. 200킬로미터 넘게 달려 바닷가를 왼쪽에 둔 해안도로에 막 진입했을 때였다. 바다는 평온했지만 머릿속은 집채만 한 쓰나미를 맞은 것처럼 하얘졌다. 일단 내가 가고 있어. 살펴보고 다시 연락할게. 은혜는 누군가에게 감사합니다, 라고 말한 뒤 급하게 전화를 끊었다. 문 닫는 소리 같은 게 마지막으로 들렸다. 어떤 정신으로 학교에 도착해서 수업에 들어갔는지 나는 아직도 알 수 없다. 수업 내내 심장 뛰는 소리가 배경음악처럼 흘렀다는 사실만 기억 날 뿐.

쉬는 시간에 확인한 전화기에 은혜의 문자가 와 있었다.

 ─집에 데려와서 약 바르고 재웠어. 많이 울었는데 머리는 괜찮은 거 같아.

아이가 정글짐을 기어 오르는 동안 나는 눈앞의 반쯤 열려 있는 문 속에서 일어나는 온갖 일들을 본다. 고통으로 일그러진 아이의 얼굴과 수술실로 들어가는 아이의 얼굴과 물에 잠겨 불어 터진 아이의 얼굴과 불에 그을린 아이의 얼굴과 칼에 찔리고 두드러기에 뒤덮이고 말벌에 물려 부풀어 오른 아이의 얼굴을 본다. 생각은 떨쳐 내려 할수록 더 세게 달라붙고 상상은 속도를 늦추려 할수록 폭주한다. 제발. 제발. 이 저주에서 나를 깨워 현실 세계로 돌아오게 해 줄 마법은 오직 하나, 아이의 목소리뿐이다.

마침내 정글짐 꼭대기에 올라간 은채가 텅 빈 표정을 짓고 있는 나를 향해 소리친다.

"핑핑!"

62

"선생님."

수업이 끝나고 무영이 다가왔다. 기말 과제를 위한 프로포절을 제출하지 않은 학생은 그뿐이었기 때문에 마침 나도 물어보려던 참이었다.

"프로포절 제출하는 건가요?"

그 말을 하면서 나는 그가 평소와 달리 뒷짐을 지고 있다는 걸 알아차렸다. 무영의 얼굴 위로 알쏭달쏭한 표정이 스쳐 지나갔다.

"프로포절은 아니고요."

그가 등 뒤에서 꺼낸 손에는 책이 한 권 들려 있었다.

"전에 아이가 있다고 하셨던 게 기억나서요. 제가 좋아하는 책이에요."

무영은 프로포절 대신 책을 내밀었고 나는 얼떨결에 책을 받아 들었다. 무영은 고개를 꾸벅하더니 열려 있는 교실 뒷문으로 빠져나갔다.

그의 이름을 부르려다 실패한 나는 두 손에 남겨진, 오래되어 귀퉁이가 낡아 버린 연두색 책을 한참 들여다보았다. 표지 그림 속에서는 곰 한 마리가 면도를 하고 있었는데, 곰이 바라보는 거울 속에는 곰 자신과 그를 지켜보는 푸른 제복의 사내가 비쳤다.

63

요르크 슈타이너가 쓰고 요르크 뮐러가 그린 『난 곰인 채로 있고 싶은데…』의 주인공은, 새삼스럽게도 곰이다.

낙엽이 지고 기러기 떼가 남쪽으로 멀리 날아가는 어느 늦가을, 피곤을 느낀 곰은 겨울잠을 자기 위해 자기가 제일 좋아하는 동굴로 들어간다. 겨우내 사람들은 나무를 베고 쓰러뜨려 숲 한가운데에 공장을 세우고, 곰이 잠들었던 동굴은 졸지에 공장의 일부가 되어 버린다. 잠에서 깨어난 곰은 어리둥절한 채 멍하니 눈앞의 공장을 바라본다. 그러자 곰을 발견한 공장 감독이 소리친다. (바로 그가 표지 속 푸른 제복을 입은 사내다.) 이봐, 여기서 뭘 하는 거야? 어서 가서 일해! 곰은 자신이 곰일 뿐이라고 주장하지만 감독은 그를 인사과장에게 데려가고, 인사과장은 다시 전무에게, 전무는 부사장에게, 부사장은 사장에게 데려간다. 모두가 입을 모아 말한다. 이 게으름뱅이 털복숭이 같으니라고!

수직으로 세워진 컨베이어벨트 같은 공장의 계급구조를 차례로 지나는 동안 자신이 진짜 곰이라는 곰의 주장은 부정된다. 그는 자신의 존재 증명을 위해 동물원의 곰을 찾아가지만 사육장 속 곰의 반응 역시 냉담하다. 이 친구는 진짜 곰이 아녜요. 진짜 곰이 사육장 밖을 돌아다닌다는 게 말이나 됩니까? 서커스의 곰도 비슷한 말을 한다. 보기에는 곰처럼 생겼지만 곰이 아닙니다. 상식적으로 곰이 관중석에 앉아 있을 리가 있겠어요?

결국 곰은 공장으로 돌아와 작업복을 입고 면도를 하고 기계 앞에서 일하기 시작한다. 하지만 시간이 흘러 다시 기러기 떼가 남쪽으로 날아가는 늦가을이 되자 겨울잠을 기억하는 그의 몸이 반응하기 시작한다. 졸리고 피곤하고, 그러다 기계 앞에서 자꾸만 잠들어 버리고 마는 것이다. 얼마 후 곰은 이를 빌미로 공장에서 해고되고, 며칠을 혼자 걷고 또 걸어 숲속으로 향한다. 그리고 마침내 새로운 동굴을 발견하고 그 속으로 들어가 몸을 한껏 웅크린다.

은채에게 이 이야기를 읽어 주었더니, 아이는 중간쯤에서 손을 뻗어 책을 억지로 덮었다.

"곰 무서워."

64

─ 다음주 토요일 저녁에 바빠?

오후 4시, 평소처럼 아이 하원시키러 갈 준비를 하고 있는데 지혜에게서 메시지가 왔다.

─ 왜?

─ 남자 친구 보여 주려고.

지혜의 남자 친구를 실제로 보게 되리라고는 전혀 예상하지 못했다. 코로나 시국이기도 했고, 지혜의 결혼이라는 건 나에게 여전히 비현실적으로 느껴지기 때문이기도 했다. 라이언은 해외 입국자 자가 격리 2주를 포함해 한국에 오기 위해 1년 치 휴가를 다 몰아 썼다고 했다. 격리 기간을 빼면 정작 한국에서 보낼 수 있는 시간은 4박 5일 정도뿐인데도 결혼 전에 우리 가족을 꼭 보고 싶다고도 했다. 굳이 그럴 필요가 있을까 싶었지만, 들뜬 지혜의 목소리를 감안해서 입 밖으로 말하지는 않았다.

하여 2021년 10월의 어느 토요일, 나는 서울 근교 아울렛에 있는 대형 키즈 카페에 가서 반나절 동안 각자 원하는 것(은채는 방방과 집라인, 은혜는 독서, 나는 핸드폰 넷플릭스)을 하려던 계획을 취소하고 광화문의 한식집으로 향했다. 일주일 동안 기다렸던 키카에 가지 못해 입이 나온 은채도 함께였다.

아빠와 지혜 커플은 이미 도착해 있었다. 라이언은 키가 무척 큰 아일랜드계 미국인이었다. 영어와 한국어로 어색한 인사를 나누자마자 지혜는 귓속말 흉내를 내며 조카에게 물었다.

"은채야, 고모 남자 친구 어때?"

"곰처럼 생긴 거 같애. 무서워."

은채의 무표정한 반응에 지혜는 나에게 입모양으로 무슨 일 있어? 하고 물었고 나는 그런 게 있어, 하고 입술을 오므렸다.

라이언은 과묵해 보이는 거구의 사내였지만 실제로는 달변이었고, 심지어 서툰 한국어도 한두 문장씩 섞어 가며 능숙하게 이야기를 이끌었다. 미국에서 끝까지 힘들었던 것 중 하나가 바로 스몰토크였는데, 저렇게 별것 아니면서 무해한 이야기를 처음 만난(그것도 말이 잘 안 통하는) 사람들과 두 시간 넘게 계속할 수 있다니 한편으로는 대단하다는 생각이 들었다.

식사 중에 지혜가 내 얘기를 하는 바람에 화제가 내 미국 이야기로 옮겨 갔다. 썩 내키지는 않았지만 나는 더듬더듬 유학 생활과 한국어 강사 경험에 대해 이야기했다. 그랬더니 진지한 표정으로 듣고 있던 라이언이 마지막에 물었다.

"와이 디쥬 컴 백 투 코리아 덴?"

아빠와 지혜, 은혜가 모두 나를 쳐다봤다. 고맙게도 밥을 다 먹고 핸드폰으로 시크릿 쥬쥬를 보고 있던 은채만 나를 외면해 주었다.

"그러게요."

나도 모르게 한국말이 튀어나왔다. 뭐라고 해야 하지? 나는 영어로 된 답을 찾기 시작했다.

"비커즈……."

미국에서 난처한 질문을 받을 때마다 반복됐던 불안하고

불쾌한 느낌이 되살아났다. 나는 왜 한국에 돌아왔지? 무엇을 위해서? 무엇을 피해서?

"아임 코리안."

65

전에 우리가 서사의 기본 구조에 관해 이야기한 적 있었죠?

갔다가 오는 것이 모든 이야기의 기본이라고요. A가 일상에서 비일상의 세계로 넘어갔다가, 다시 일상으로 돌아와 A'가 되는 것이 여행과 이야기의 구조라고 했었어요. 그렇다면 카프카는 어떨까요? 카프카에게도 이 모델을 적용할 수 있을까요?

카프카의 소설에서 주인공들은 아주 강렬한 비현실을 경험하죠. 하루아침에 갑자기 벌레(라고 부르지만 실제로는 뭔지 알 수 없는 것)가 되기도 하고, 죄도 없이 체포되어 소송에 휘말리기도 하고, 도저히 들어갈 수 없는 성에 들어가기 위해 애쓰기도 합니다. 하지만 공통점이 있어요. 현실에서 비현실로 넘어갔다가 결국 돌아오지 못한다는 점입니다. 그림으로 그려 보면 아마 이렇게 될 거예요.

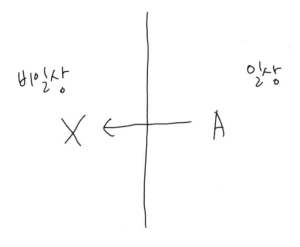

카프카의 소설이 비극처럼 읽히는 이유는 어쩌면 그래서 일지도 모르겠어요. 일상으로 돌아와 다른 사람이 될 기회를 허락받지 못하기 때문이죠. 잠자는 벌레 비슷한 것이 되었지만, 다시 사람으로 돌아오지 못한 채 외롭게 죽고 말아요. 겉으로는 아버지가 던진 사과 때문에 난 상처로 죽은 것 같아도 찬찬히 읽어 보면 잠자는 거의 스스로 죽음을 선택하는 것처럼 보이죠. 카프카의 다른 인물들도 마찬가지입니다. 원지 않는 방식으로, 우연히 혹은 갑자기, 비일상의 세계로 추방된 그의 인물들은 거기에 영원히 갇혀 버립니다. 돌아오는 길은 없고, 빠져나갈 수 있는 길은 오직 하나뿐이에요. 죽음.

그건 일상으로 돌아오는 방법이 아니라 일상과 비일상으로 나뉜 세계와 차원 자체를 떠나 버리는 행위죠. 죽음은 심판이나 형벌이 아니라, 선택입니다. 탈출인 거예요. 잠자는 추락하는 비행기 안에서 탈출 버튼을 누른 거죠.

죽기 전, 카프카는 가장 친한 친구였던 막스 브로트에게 두 번이나 편지를 씁니다. 자기가 죽으면 출간된 소설은 절판시키고 발표하지 않은 원고들은 모조리 불태워 달라고요. 막스 브로트는 알겠다고 말하고, 카프카가 죽은 뒤 그의 모든 원고들을 출간합니다. 만약 막스 브로트가 없었다면 우리는 카프카라는 작가를 얻지 못했을지도 몰라요. 아이러니하게도, 비현실에 가 있던 카프카의 원고들(A)은 그의 죽음 이후 죽음 대신 일상으로 돌아와 새로운 존재(A')가 되었습니다. 우리의 세계, 우리의 차원 속에서 불멸을 얻은 거죠. 그의 주인공들과는 달리요.

66

"아빠, 이거 끝이라고 써 주세요."

여기까지 쓰고 있는데 은채가 책상 옆으로 다가와 종이를 내민다. 내 프린터 용지함에서 빼 간 A4 용지 위에 아이는 색

연필로 삐뚤빼뚤하게 뭔가를 잔뜩 써 놓았다.

공주와 ❤ 왕자

어느날 공주와 왕자가 살아어요.

그런데 나쁜 마녀가 나타나서

공주를

약으로 업새버려어요.

"여기, 여기다가 끝, 써 주세요."

은채는 '업새버려어요' 아래를 손가락으로 가리키며 말한다.

"뒤집힌 카프카식 구성이네."

나도 모르게 중얼거리자, 은채가 눈썹을 치켜뜬다.

"뭐야고요?"

"아무것도 아냐."

나는 고객님의 요구대로 '끝'이라고 써서 종이를 돌려준다.

그러자 은채는 종이 위에 연필로 뭔가를 덧그리더니 책상 위

에 올려놓으며 말한다.

"아빠 선물!"

7

일상

67

『체이싱 유』의 처참한 실패 이후 나는 의기소침해질 수밖에 없었다. 첫 책을 내기 전 나는 책을 내면 유명해지거나 돈을 벌거나, 아니면 기분이라도 좋을 줄 알았다. 그러나 실제로 책을 내고 경험한 것은 절대적인 무관심과 투입한 시간 대비 최저임금에도 못 미치는 경제적 보상(정가 1만 3000원의 초판 2000부 발행에 따른 10% 인세 260만 원에서 계약금 100만 원을 뺀 160만 원)과 약간의 악의뿐이었다.("조잡하고 애매하며 무엇보다 더럽게 재미가 없습니다…….")

책을 내기 직전 대학원에서 알게 된 선생님을 홍대에서 만난 적이 있는데, 그는 에티오피아에서 온 커피를 마시다가 갑자기 생각났다는 듯 말했다.

"이번에 책 낸다고? 어떻게 된 거야?"

"네, 제가 수십 군데 출판사에 원고를 보냈는데 그중 몇 군데에서 연락이 와 가지고……."

"원고를 보냈다고? 투고?"

"네, 그게 어떻게 된 거냐면……."

"지혁아, 기분 나빠하지 말고 들어."

선생님은 내 말을 잘랐는데, 말을 잘랐다는 사실보다 이 말은 보통 정말로 기분 나쁜 말을 하기 전에 하는 말이라는 점에서 나는 긴장했다.

"난 솔직히 걱정된다. 니가 책 낸 사람이 될까 봐."

솔직히 나는 그 말을 한 번에 이해하지 못했다. 무슨 말이지? 난 이제 책 낸 사람이 될 건데? 그가 말한 '책 낸 사람'이 '작가'의 반대편에 있는 멸칭이라는 것을 알게 된 것은 그로부터 한참 후의 일이었다. 책을 내면 작가가 되는 거라고 생각했는데 그게 아니었다. 적어도 그의 세계에서, 책을 낸 모든 사람이 작가는 아닌 것이다. 제대로 등단해서, 제대로 된 출판사에서, 제대로 된 작품(아마도 장르문학은 아닐)을 내지 않는 사람은 책을 낸다 하더라도 작가가 아닌 책 낸 사람에 머문다. 책 낸 사람과 작가 사이에는 넘을 수 없는 거대한 벽이 존재한다.

하지만 그때 나는 그의 말을 알아듣지 못했으므로 순진하게 답했다.

"근데요, 표지가 잘 나온 것 같아요."

68

두 번째 책을 내는 과정은 첫 번째와 다소 달랐다. 첫 책을 냈지만 어디서도 청탁이나 원고 의뢰가 들어오지 않았기 때문에 나는 다시 한번 투고에 매달렸다. 이번에는 대학원 때부터 써 온 여덟 편의 단편소설을 묶어 문학을 전문으로 펴내는 출판사를 중심으로 투고했는데, 그중 규모는 작지만 이름은 종종 들어 봤던 곳에서 연락이 왔다.

문지혁 작가님,

보내 주신 옥고 잘 받아 보았습니다.

앞으로 찬란하게 빛날 작가의 첫 시작을 함께할 수 있다는 생각에, 원고를 읽는 내내 좀처럼 마음이 가라앉지 않았습니다.

편안한 시간에 저희 회사에 방문하셔서 출간 관련 이야기를 나누어 보면 좋겠습니다.

　고맙습니다.

편집장 Y 배상

　어딘지 모르게 나를 기계적으로 심사하고 합격시켜 준 것 같았던 첫 번째 출판사 메일과 다르게, 두 번째 출판사의 메일은 좀 더 정중하고 문학적이었다. 책장을 뒤져 보니 나는 이미 이곳에서 나온 책 몇 권을 갖고 있었다. 망설임 없이 약속을 잡고 편집장이 일러 준 주소로 향했다. 명성에 비해 출판사는 생각보다 외지고 낡은 건물 4층에 있었다.

　"선생님께서도 소위 스타 작가가 되실 수 있습니다. 제가 보장하죠."

　50대 초반으로 보이는 편집장은 믹스커피를 앞에 두고 자신만만하게 말했다. 문단에서 자신이 키우고 발굴한 작가를 다 합치면 관광버스 하나를 꽉 채울 수 있다는 허풍에는 비좁은 사무실의 온도가 조금 더 낮아지는 것 같았다. 파티션 뒤에서 일하고 있는 몇 안 되는 편집자들은 한숨과 기침 사이의 소리를 반복적으로 냈다. 편집장은 무한 리필 참치집에서 거한 점심을 샀고, 다시 사무실로 돌아와 한참 동안 문학과 문단과 유명 작가들에 대한 무용담과 뒷담화를 늘어놓다가 퇴근 시간이 다 되었을 때쯤 계약서를 쓰자고 했다. 그가 건넨 검은 만년필 끝에는 하얀 눈꽃 모양 엠블럼이 새겨져 있었다.

"살펴 가십시오, 작가님."

헤어질 때 그는 나를 따라나와 엘리베이터 문이 닫힐 때까지 90도로 인사를 했다. 문이 닫히는 순간 나는 두 번째 책이 첫 번째 책과는 다른 운명을 지닐 거라 확신했다. 이번에는 '책 낸 사람'이 아니라 진짜 작가가 된 기분이었다.

69

어느덧 수업이 중반을 넘어섰네요.

기말 과제는 잘되어 가고 있나요?

어려운 건 없어요?

…….

저랑 눈 마주치지 않는 분들이 많네요. (웃음) 그래요, 어렵죠. 어려운 일입니다.

어떻게 하면 글을 잘 쓸 수 있을까요?

많은 사람들이 저에게 물어봅니다. 사실 저도 궁금해요. 어떻게 하면 글을 잘 쓸 수 있나…… 그걸 알면 제가 진작에 썼

겠죠. 그죠? (침묵)

제가 추천하는 방법 중 하나는 일상을 쓰는 거예요. 우리가 글을 쓸 때 실패하는 이유는 자꾸만 멋지고 근사한 무언가를 만들어 내려고 하기 때문입니다. 플롯을 짜고, 비유를 고민하고, 문장을 다듬고…… 이런 게 다가 아니에요. 좋은 글은 거기서 만들어지는 게 아닙니다. 좋은 글은 뭐예요? 내가 잘 아는 글입니다. 나를 잘 드러내는 글입니다. 거짓말하지 않는 글이에요. 그러려면 어쩔 수 없이 나 자신, 내 주변에서 시작해야 합니다. 여러분의 삶이 곧 텍스트예요.

저널을 쓰세요.

많은 사람들이 저널과 일기를 혼동하는데, 일기는 다이어리고 저널은 저널입니다. 풀어 말하자면 조금 더 초점이 맞춰진 일기랄까요? 그날 하루 있었던 일에 대해 이것저것 막 쓰면 일기가 되고, 어떤 일관된 주제를 갖고 반복적으로 접근하면 저널이 됩니다. '내가 오늘 만난 사람' 저널입니다. '내가 오늘 본 영화' 저널이에요. '내가 오늘 먹은 음식' 역시 저널이죠. 내 글쓰기의 원초적인 재료는 바로 내 삶입니다. 오토바이오그래피, 기억나죠? 거기서 시작하세요. 그리고 자세히 들어가세요. 디테일이 없는 글쓰기는 글쓰기가 아니라 그냥 생각의 덩어리입니다. 세밀하게 관찰하고, 구체적으로 쓰세요. 일상을 장면화하세요. 돈 텔, 벗 쇼. 제가 한 학기 내내 강조하고 있잖아요? 말하지 말고 보여 줘야 합니다. 판단하지 마세요. 정의하지 마세요. 가르쳐 주고 설명하지 마세요. 그냥 보여 주세요.

소설을 제대로 써 본 적이 없다고요? 뭐가 소설인지 모르겠다고요? 마지막으로 제가 진짜 좋은 방법을 알려 드릴게요. 영업 비밀이긴 한데……

일단 아무거나 쓰고, 그걸 소설이라고 우기세요.

70

오전 7시: 은혜 기상

오전 8시 10분: 은채 기상

오전 8시 30분: 은채 등원(은혜), 은혜 출근

오전 11시 30분: 기상

오후 12시: 점심 식사

오후 1시: 동네 스터디 카페 작업(번역)

오후 4시 30분: 은채 하원(나)

오후 5시 30분: 은혜 퇴근

오후 6시 30분: 저녁 식사

오후 8시: 은채 목욕

오후 10시 30분: 은채 취침

오후 11시 30분: 은혜 취침

오전 12시: 작업(소설)

오전 4시 30분: 취침

71

평균적인 내 일상은 위의 표처럼 돌아간다. 아내의 일상에는 별로 특이한 점이 없지만(교사이기 때문에 조금 이르게 퇴근하는 것을 빼면), 내 일상을 지적하는 사람은 어디에나 있다.

—새벽 4시 30분에 잔다고요?

마감이 있거나 계획한 챕터를 끝내야 할 때는 5시나 6시까지 미뤄지기도 하지만, 나는 그런 건 굳이 말하지 않고 답한다.

—네, 이제 습관이 되어서요.

친절한 이들은 내 건강을 염려하고, 솔직한 이들은 그래도 일찍 자는 게 좋을 거라고 충고한다. 공격적인 이들은 내가 습관이 잘못 든 거라고, 해가 떴는데도 자고 있는 건 정신이든 육체든 어딘가 문제가 있는 거라고 말한다.

"자네, 아직도 새벽에 자나?"

결혼한 지 이제 10년이 다 되어 가는데, 아직도 대구에 내려갈 때마다 처가 어른은 묻는다.

"네."

"언제부터 그렇게 살았지?"

"군대 제대하고부터는 쭉 그렇게 생활했던 것 같습니다."

"한국에서 미국 시간으로 살고 있는 거구먼."

"뉴욕과 실시간 소통 가능합니다."

내가 웃으며 대답하자, 은혜의 엄마의 사촌은 얼굴에서 웃음기를 거두고 말한다.

"이제 좀 사람답게 살아 볼 생각은 없나?"

72

두 번째 책 제목이 정해졌다. '호랑이와의 하룻밤.' 익숙한 속담을 떠올리게 한다는 점이 조금 걸렸지만, 수록된 단편 중 하나의 제목과 유사하기도 하고 무엇보다 편집장이 강력하게 권유한 탓에 그렇게 하기로 했다.

—제목에 눈길이 머물러야 해요, 작가님. 저를 믿으세요.

문학 전문 출판사에서 10년 넘게 편집장을 하고 있는 사람이니, 이제 겨우 책 한 권 낸 나보다는 시장에 대한 전문적인 감각을 갖고 있을 거라고 믿었다. 메르스가 뉴스를 뒤덮던 2015년 여름, 지루한 퇴고와 교정 교열 작업을 마치고 편집부에서 '작가의 말' 원고를 달라고 했을 때 나는 이렇게 썼다.

어느 책이든 작가의 말부터 펴 보던 시절이 있었다. 어떤 이는 나지막하게, 어떤 이는 자신만만하게, 어떤 이는 알 듯 모를 듯하게 적어 놓은 작가의 말. 그들의 짧은 글은 그 어떤 소설보다도 흥미롭고 어떤 반전보다도 극적이었다. 이제 와 고백하건대, 대부분의 책들은 작가의 말보다 더 재미있거나 매력적이지 않았다.

그런데 막상 내가 작가의 말을 쓰자니 조금 난감한 기분이 든다. 만약 어디선가 이 책에 실린 소설들을 보기도 전에 덜컥 작가의 말부터 읽는 독자가 있다면 어찌할 것인가. 언젠가 내가 그랬듯 질투와 의심의 눈초리로 이 글을 읽어 내려가는 당신에게, 나는 어서 책의 첫 페이지로 돌아가 작가의 말 대신 소설을 읽어 달라고 부탁하는 수밖에 없겠다.

생각해 보면 작가의 말을 쓰게 될 거라 예상했던 시간으로부터 한참을 흘러왔다. 최연소 등단을 고대하며 헛된 꿈을 꾸던 시절은 이미 지난 세기의 일이 되어 버렸고, 그사이 고등학생이던 나는 어느새 30대에 들어섰다. 따지고 보면 그 10여 년 동안 내가 한 일이라고는 쓰고 고치고 보내고 떨어지는 과정의 반복뿐이었다. 10년이 훌쩍 지나 강산이 변했는지, 혹은 내 소설이 조금은 나아졌는지, 아니면 나도 모르게 1만 시간의 법칙 같은 걸 채웠는지는 몰라도, 어쨌든 그 시간들은 이렇게 여덟 편의 흔적을 남겼다. 어떤 의미에서 이 소설들은 작가를 꿈꾸던 소년이 어떻게 아저씨가 되어 갔는지를 보여 주는 기록이다. 끝을 알 수 없기에 막막했던 그 시간 동안 재능의 부족을, 기회의 부재를, 행운의 결여를 탓하며 길을 잃고 가라앉던 나는, 마침내 깊은 물속 한구석에 자리를 잡고 이렇게 작가의 말을 쓰고 있다.

커트 보니것은 "만일 부모에게 치명적인 상처를 주고 싶은데 게이가 될 배짱이 없다면 예술을 하는 게 좋다."*라고 쓴다음 덧붙였다. "이건 농담이 아니다." 꼭 그러려는 건 아니었지만 이 모든 과정에서 치명적 상처를 감내해 주신 부모님께 감사드린다. 그분들의 기도와 헌신이 아니었다면 난 여전히 세상이 내 중심으로 돌아간다는 착각 속에서 멸망을 향해 열심히 내달리고 있었을 것이다. 아무것도 아니었던 초라한 작가 지망생을 믿어 주고, 평생 내 첫 번째 독자가 되기로 작정한 아내에게 감사한다. 그녀가 아니었다면 아마 난 한결 더 볼품없는 인생을 살고 있을 것이다. 문학과 소설을 가르쳐

---

* 커트 보니것, 김한영 옮김, 『나라 없는 사람』(문학동네, 2007).

주신 스승들, 일일이 다 호명할 수 없는 친구들과 문우들에게 감사한다.

"우리는 모두 시궁창에 있지만, 몇몇은 별을 바라보고 있다." 지난 10년간 수첩의 첫 페이지엔 늘 오스카 와일드의 문장이 적혀 있었다. 별을 바라보는 마음으로 시궁창을 견뎌 내겠다고 생각해 왔지만, 어쩌면 그동안 난 별 위에 앉아 시궁창을 바라보고 있었던 건지도 모르겠다. 꿈꾸는 자에게 가장 행복한 순간은 꿈이 이뤄지기 전인 것처럼, 작가의 말을 쓰고 있는 지금보다 더 빛나는 순간은 그토록 빠져나오길 원했던 터널 속의 날들이었음을 깨닫는다. 하지만 어쩌랴. 깨달음은 늘 늦고 시간은 돌이킬 수 없는 것을. 이렇게 된 이상, 이제 내가 할 수 있는 일은 마음을 다해 이야기하는 것뿐이다. 내 연약한 언어가 당신에게 가닿을 때까지.

73

책이 나온 다음 아빠에게도 한 권 보냈다. 며칠 후 전화가 걸려왔고, 축하의 말을 기다리고 있던 나에게 아빠는 격앙된 톤으로 말했다.

"결혼 안 했으면 볼품없이 살고 있을 거라는 게, 그게 책에 쓸 말이냐? 네 부모는 뭐가 되고? 하늘에서 니 엄마가 보면 뭐라고 하겠냐?"

74

일상이란 반복이고 되풀이이며 '왜?'라고 계속해서 묻는 아이의 목소리다. 우리의 하루가 그것을 증명한다. 사전적으로 하루는 한 낮과 한 밤이 경과하는 동안, 혹은 지구가 한 번 자전하는 동안을 가리키지만, 나에게 하루라는 단어는 실제로 이렇게 감각된다.

하. 먹이고 놀아 주고 치우고 재운다. 먹이고 놀아 주고 치우고 재운다. 먹이고 놀아 주고 치우고 재운다. 먹이고 놀아 주고 치우고 재운다. 먹이고 놀아 주고 치우고 재운다. 먹이고 놀아 주고 치우고 재운다. 먹이고 놀아 주고 치우고 재운다. 먹이고 놀아 주고 치우고 재운다. 먹이고 놀아 주고 치우고 재운다. 먹이고 놀아 주고 치우고 재운다. 먹이고 놀아 주고 치우고 재운다. 먹이고 놀아 주고 치우고 재운다. 먹이고 놀아 주고 치우고 재운다. 먹이고 놀아 주고 치우고 재운다. 루.

되풀이란 무엇일까. 아이는 왜 '왜?'라고 계속해서 묻는 것일까? 지긋지긋하지만 되풀이야말로, 아니 지긋지긋한 것들만이 삶과 사람과 우주의 본질에 관해 무언가를 말해 주는 것 아닐까? 되풀이 속에는 무언가 뱀처럼 또아리 틀고 있다. '되속을 들여다보면 그때부터 뱀이 기어나온다. 우리의 삶은 언제나 같은 시간과 같은 장소에서만 펼쳐진다. 그 시공간을 벗어나는 모든 것은 환상이며 환상은 언젠가 반드시 소멸된다. 환멸. 그러니 나는 아이의 말을 들어야만 한다. 끝없이 반복되는 질문에 귀 기울여야 한다.

글쓰기도 마찬가지다.

쓰고, 읽고, 고친다. 쓰고, 읽고, 고친다. 쓰고, 읽고, 고친다. 쓰고, 읽고, 고친다. 쓰고, 읽고, 고친다. 쓰고, 읽고, 고친다. 쓰고, 읽고, 고친다. 쓰고, 읽고, 고친다. 쓰고, 읽고, 고친다. 쓰고, 읽고, 고친다. 쓰고, 읽고, 고친다. 쓰고, 읽고, 고친다. 쓰고, 읽고, 고친다. 쓰고, 읽고, 고친다.

되풀이하는 것만이 살아 있다.

되풀이만이 사랑할 만하다.

되풀이만이 삶이다.

아이가 태어나고 백일이 갓 지났을 무렵, 학교에서 수업과 수업 사이에 점심을 먹으러 가다가 A 선생을 마주쳤다.

"식사하러 가는 거면 같이 가요."

늘 교실과 가까운 학생 식당에서만 먹다가, A 선생 덕분에 교수 회관이라는 곳에 가게 됐다. 막상 들어가 보니 학생들이 오지 않을 뿐 메뉴 구성은 비슷했다. 우리는 어색하게 우렁 쌈밥과 된장찌개를 먹으면서 이런저런 이야기를 나눴다. 얼마 전 조교로부터 들은 이야기가 생각났다.

"최근에 아드님이 입대하셨다면서요. 마음이 좀 그러시겠 어요."

"맞아요. 문 선생도 얼마 전에 아기 낳았다면서?"

"네, 뭐 제가 낳은 건 아니지만, 아이가 생겼죠."

"밤에 잠은 잘 자요?"

"저요? 아니면 아기요?"

"둘 다."

"사실 둘 다 잘 못 자는 것 같아요. 시터를 쓸 형편도 아니 고 해서 아내와 번갈아 자주 깨요. 각오하긴 했지만 역시 밤 이 좀 괴롭긴 하네요."

"그럴 거예요. 수십 년 전 얘기지만, 이거 또 라떼 뭐 그런 건가? 나도 초임 교수 시절인데 글쎄 애가 나와 버린 거야. 출산휴가 쓰고 눈치 보여 가지고 3개월 딱 채워서 다시 다음 학기부터 나왔는데, 몸이 여간 힘들어야지. 큰맘 먹고 시터를 쓰기 시작했지."

"출퇴근하는 분으로 하셨나요?"

"출퇴근은 무슨. 퇴근하고 저녁이랑 밤이 본게임인데. 같이 사는 사람으로 했어요. 주말에만 잠깐 집에 다녀오고. 다행히 방이 여유가 있어서."

"몇 년 정도 그렇게 하시고 좀 괜찮아지셨나요? 세 돌까지면 될까요?"

그녀는 도톰하게 싼 상추쌈을 입에 넣으려다가, 다시 내려놓으며 말했다.

"그 이모, 아직도 우리랑 같이 살아요."

선생은 혼잣말처럼 덧붙였다.

"육아에 끝이 어딨어."

77

내 기억에 아빠의 화가 가라앉기까지는 몇 주가 걸렸다. 평생 이렇게 지낼 수는 없어서 어느 주말 내가 화해의 의미로

와인을 한 병 사 갔고 아빠는 못 이기는 척 받아들였던 것 같다. 당연히 책 얘기는 전혀 하지 않았는데, 저녁 식사 후 아빠가 거실에서 바둑 중계를 보기 시작하는 바람에 나는 엄마 방이었던 서재에 들어가 시간을 보냈다. 책장을 듬성듬성 채우고 있는 책들을 살펴보다가 『체이싱 유』 옆에 가지런히 꽂혀 있는 『호랑이와의 하룻밤』을 발견하고 쓴웃음을 지었다. 그러다 책장 아래쪽 구석에서 책등에 아무것도 적혀 있지 않은 책을 발견했다. 미국에 있을 때 엄마에게 생일 선물로 보냈던 보라색 책 모양 노트였다. 페이퍼블랭크스라는 작은 브랜드 제품이었는데, 겉에는 제인 오스틴의 『오만과 편견』 육필 원고가 새겨져 있었다. 맨해튼 학교 옆 서점에서 이 노트를 고르던 순간이 떠올랐다. 그때도 이 첫 문장이 인상적이었다.

"꽤 많은 재산을 가진 미혼 남자가 아내를 필요로 한다는 것은 누구나 인정하는 진리다."

펼쳐 보니 첫 페이지에 적힌 문장을 빼면 노트는 텅 비어 있었다.

2012. 5. 26.

지혁이가 준 선물. 여기에 뭘 적어야 할까?

78

"Write a little every day, without hope, without despair."

미국의 소설가 레이먼드 카버의 책상에 붙어 있던 글귀라고 하지요. 희망도 절망도 없이, 매일 조금씩 써라. 카버가 한 말로 잘못 알려져 있기도 하지만 실제로는 덴마크 작가 이자크 디네센이 했던 말입니다. 글을 쓰는 다른 많은 작가들과 지망생들의 좌우명이기도 하죠. 저 역시 책상에 이 말을 적어서 붙여 놓았으니까요.

우리의 삶이 그렇듯이, 글쓰기도 결국은 반복입니다. 반복에서 중요한 것은 되풀이 그 자체예요. 때로 우리는 희망에 도취해 반복을 벗어나거나, 절망에 빠져 되풀이를 그만두곤 합니다. 하지만 인생이 언제 그렇던가요? 오늘이 좋았다고 해서 내일이 찾아오지 않거나, 어제가 최악이었다고 해서 오늘 역시 그대로 끝나 버리지는 않죠. 어떤 날을 보냈든 내일은 또 찾아오고, 기어코 태양은 다시 떠오릅니다. 적어도 우리가 살아 있는 동안에는요. 그러니 희망을 붙들지 말고 절망에 물들지 마세요. 그냥 하는 겁니다. 우리가 그냥 살듯이.

……기말 과제도 다르지 않아요, 여러분. 꼭 제출해 주세요.

79

팩트 체크:

사실 내 책상에는 다른 문구가 붙어 있다.

"이 세상에는 오직 두 가지 비극만이 존재하네.

하나는 자기가 원하는 걸 갖지 못하는 비극이고, 다른 하나는 마침내 갖는 비극이지.

두 번째가 훨씬 나빠. 이게 진짜 비극이라고!"*

---

*오스카 와일드의 희곡 「윈더미어 부인의 부채」 중에서.

죽음과 애도

80

2020년 여름, 은혜와 은채를 데리고 학교 앞 바다를 찾은 적이 있다. 전염병이 전 세계로 막 퍼져 나가기 시작하던 때였다. 방학 중에 학교에 제출해야 하는 서류가 있었는데, 이를 핑계 삼아 온 가족이 피서를 왔다. 생각해 보니 늘 수업만 하고 돌아가곤 해서 학교 주변을 제대로 둘러본 적도 없었다.

오가다 눈여겨보았던 해변 근처 솔밭에 캠핑 의자와 돗자리를 놓고 앉아 근처에서 사 온 커피와 샌드위치를 꺼냈다. 아무도 없어 마스크를 벗는 것만으로도 해방감이 느껴졌다. 소나무들이 드리운 비정형의 그늘 사이로 오후의 햇빛을 받은 돌멩이들이 반짝거렸다. 솔밭 너머로는 모래사장이 펼쳐져 있었고, 다시 그 뒤로는 바다가 보였다. 육지와 가까운 곳은 민트색, 더 멀리는 짙은 남색이었다. 은채는 당시 한참 좋아하던 뽀로로의 「바나나 차차」 노래에 맞춰 몇 번이나 춤을 추다가 떡뻥을 조금 먹으며 땀을 식히더니, 이내 피곤한 듯 은혜에게 몸을 기댔다. 나무 사이로 미지근한 바람이 불어왔다. 은혜가 작은 목소리로 노래를 부르기 시작했다.

엄마가 섬 그늘에 굴 따러 가면
아기가 혼자 남아 집을 보다가
바다가 불러 주는 자장 노래에
팔 베고 스르르르 잠이 듭니다.

은채가 어릴 때부터 불러 주던 자장가였다. 잠이 들 듯 말 듯 들지 않는 아기 옆에서 우리는 뫼비우스의 띠를 두른 배턴을 주고받듯 끝없이 이 노래를 번갈아 불렀다. 지칠 정도로 반복하다가 은채가 겨우 잠들고 나면 "이 정도 굴 땄으면 아파트 한 채 샀겠네." 같은 실없는 농담을 주고받으며 작은 소리로 웃었다. 물론 우리에겐 굴도 아파트도 바다가 보이는 집도 없었다.

그늘 때문인지, 바다 냄새나 적당한 바람 때문인지, 아니면 오래 차를 타서 피곤했는지는 몰라도 은채는 집에서 재울 때보다 훨씬 빨리 잠이 들었다. 나는 의자 깊숙이 몸을 묻고 뾰족한 침엽수 잎들 사이로 편집된 하늘을 올려다보았다. 아주 잠깐이었지만 믿기 어려울 정도로 평화로운 순간이 찾아왔다. 모든 염려가 사라지고, 모든 문제가 해결되고, 모든 것이 제자리를 찾은 것만 같은 순간. 천국이 있다면 이런 곳일까? 나는 반쯤 남은 커피를 내려놓고 눈을 감았다. 한 번도 가 본 적 없는 아프리카에서 온 콩의 영혼이 씁쓸하게 입안을 맴돌았다. 들리는 것은 오직 멀리서 반복되는 파도 소리와 은혜의 나지막한 노랫소리뿐이었다. 단조롭고 공허한 그 소리들이 나에게는 세계와 우주의 비밀을 알려 주는 것만 같았다. 우리가 있기 전에도 있었고, 지금도 있고, 앞으로도 있을 것. 삶과 죽음. 기쁨과 슬픔. 성공과 실패. 행복과 고통. 구원과 타락. 영원과 찰나. 우리는 자그마한 모래알처럼 세상이라는 해변에 밀려와서, 잠깐 동안 모래사장 위에 머물렀다가, 다시 갑작스러운 파도에 실려 민트색과 남색 물결이 기다리는 곳으로 쓸려 간다. 그리고 다시 오지 않는다. 나는 엄마를 생각했다. 엄마도 저 에메랄드빛 물결의 일부가 되었을까?

은혜가 갑자기 노래를 멈췄다.

"근데 이거 2절 가사가 뭐지?"

81

『애도 일기』는 프랑스의 기호학자이자 비평가인 롤랑 바르트가 어머니를 잃고 2년에 걸쳐 써 내려간 메모를 모은 책입니다. 1977년 10월 26일, 그러니까 어머니가 돌아가신 바로 다음 날부터 바르트는 작은 쪽지 위에 문장을 쓰기 시작했습니다. 그가 쓰던 노트를 4등분해서 만든 것이었죠. 이후 이 일기는 1979년 가을까지, 만으로 2년 동안 이어집니다. 그의 책상 위에는 언제나 이 쪽지들을 모아 놓은 상자가 놓여 있었다고 합니다.

처음부터 한 권의 책을 쓰려고 했던 것은 아니지만, 결과적으로 그의 파편적인 생각과 감정이 담긴 문장들은 오늘날 한 권의 책이 되어 전해집니다. 그중 한 부분을 읽어 볼까요.

11. 5.

울적한 오후. 잠깐 장을 보러 가다. 제과점에서 (별 생각도 없이) 피낭시에 하나를 산다. 작은 여점원이 손님을 도와주다가 말한다: 부알라Voilà. 마망을 돌볼 때 그녀에게 필요한 걸 가져다줄 때면 내가 늘 말했던 단어. 거의 돌아가실 즈음, 한 번은 반쯤은 정신이 혼미한 상태에서 그녀는 메아리처럼 그

단어를 따라 했었다: 부알라.("나 여기 있다."라는 그 말. 그녀와 내가 평생 동안 서로에게 했던 말.)

여점원이 무심코 흘린 이 단어가 결국 눈물을 참을 수 없게 만든다. 나는 오랫동안 혼자 운다.(아무 소리도 들리지 않는 집으로 돌아와서.)

나의 슬픔은 아마도 이런 것이리라.

나의 슬픔은 그러니까 외로움 때문이 아니다. 그 어떤 구체적인 일 때문이 아니다. 그런 일들이라면 나는 어느 정도 사람들을 안심시킬 수가 있다. 생각보다 나의 근심 걱정이 그렇게 심한 건 아니라는 믿음을 그들에게 줄 수 있는 일종의 가벼움 혹은 자기 관리가 그런 일들 속에서는 가능하다. 나의 슬픔이 놓여 있는 곳, 그곳은 다른 곳이다. '우리는 서로 사랑했다'라는 사랑의 관계가 찢어지고 끊어진 바로 그 지점이다. 가장 추상적인 장소의 가장 뜨거운 지점……*

작가는 점원과 다른 손님 사이의 가벼운 대화 속에서 어머니와 주고받던 단어 하나를 발견하고, 집으로 돌아와 혼자 웁니다. 그리고 자신의 슬픔을 들여다보지요. 어쩌면 우리의 글

---

* 롤랑 바르트, 김진영 옮김, 『애도 일기』(걷는나무, 2018), 47쪽.

쓰기도 이와 같아야 할지 모릅니다. 귀담아듣고, 오랫동안 바라보고, 새롭게 발견하는 것. 글쓰기란 그런 일이고 노력이고 태도입니다. 그럴 때 우리는 몰랐던 곳, 새로운 지점, 깊은 통찰에 이르게 됩니다. 바르트가 자신의 슬픔을 발견한 뒤, "가장 추상적인 장소의 가장 뜨거운 지점"에 자신의 슬픔이 놓여 있다고 말하는 것처럼 말이죠.

따라서 우리의 일기는 일기에 머물러서는 안 됩니다. '무엇에 관한' 일기여야만 해요. 초점이 맞춰진 일기, 시선이 담긴 일기, 방향이 있는 일기를 써야 합니다. 애도에 관한 일기, 영화에 관한 일기, 책에 관한 일기, 용서할 수 없는 사람에 관한 일기, 어찌할 수 없는 사랑에 관한 일기, 끝내 이룰 수 없는 꿈에 관한 일기…….

82

롤랑 바르트의 어머니는 1893년에 태어나 1977년에 죽었다. 바르트는 1915년에 태어나 1980년에 죽었다. 그의 『애도 일기』는 2012년 대한민국의 철학자 김진영에 의해 초판 번역되었다. 김진영은 1952년에 태어나 2018년에 죽었다. 암 판정을 받고 투병하면서 병상에서 『아침의 피아노』를 썼다. 내 어머니도 1952년에 태어나 2013년에 죽었다. 나는 1980년에 태어나 아직 죽지 않았다. 우리는 죽고, 애도하고, 살고, 쓰고, 번역하고, 쓰고, 살고, 다시 죽는다. 우리는 애도의 주체이자 최종적으로는 모두 애도의 대상이다. 예외는 없다.

Henriette Barthes(1893~1977)

Roland Gérard Barthes(1915~1980)

김진영(1952~2018)

여민숙(1952~2013)

문지혁(1980~?)

그러나 우리의 모든 것, 그러니까 우리의 애도와 우리의 글쓰기와 우리의 번역과 우리의 일상과 우리의 삶은 저 물결 표시에 담긴다. 그리고 마침내 물음표를 대신할 오른쪽 숫자가 찾아왔을 때, 그것들은 왼쪽 숫자와 오른쪽 숫자 사이의 바다 속으로 깊이 잠겨 우리가 끝내 알지 못하는 어딘가로 사라진다.

83

외삼촌 소식을 듣게 된 것은 해변 피크닉을 마치고 근처 숙소에 막 들어섰을 때였다. 이름은 호텔이지만 실상 모텔에 가까운 작은 갈색 건물 앞에 주차를 하고 있는데, 내비게이션이 켜져 있던 핸드폰 화면 속에 033으로 시작하는 전화번호가 떠올랐다. 학교인가 싶어 반사적으로 통화 버튼을 눌렀다.

"여형식 씨 가족 되시나요?"

상대방은 중년 여자였다. 누군지 모르는 목소리가 아는 이름을 말하는 상황이 이상했다. 대답을 하는 동안 머리 뒤로 서늘한 기운이 지나갔다. 나쁜 일들은 꼭 이런 식으로 다가오지 않았던가…….

"무슨 일이시죠?"

"좀 와 보셔야겠는데."

여자는 자신을 무슨무슨 기도원의 원장이라고 소개했다. 외삼촌이 10여 년 전부터 장애인들이 모인 강원도의 가정집 같은 곳에서 생활하고 있다는 사실은 알고 있었다. 그는 한쪽 다리를 절단한 장애인이었고, 평생 결혼을 하지 않았으며, 내가 성인이 된 이후에는 겨우 몇 년에 한 번씩만 연락을 주고받았다. 그마저도 내가 미국으로 떠나고 엄마가 돌아가신 이후에는 어떻게 되었는지 정확히 알 수 없었다.

"여형식 씨가 사라졌어요. 일단 좀 와 보세요."

통화 끝에 여자는 건조하고 지친 목소리로 말했다. 나는 일단 은채를 차에서 내리고 짐을 챙겨 체크인을 한 다음, 은혜에게 사정을 설명했다. 그리고 다시 주차장으로 나와 시동을 걸었다.

84

여자가 준 주소는 강원도 정선군 임계면이었다. 내비게이션에 넣어 보니 숙소에서 차로는 한 시간이 채 안 되는 거리였다. 서울에서 이 전화를 받았으면 어땠을까를 생각해 보니 아찔했다. 아빠와 지혜에게 차례로 전화를 걸어 봤지만 통화가 연결되지 않았다. 일단 가 보기로 했다.

누군가의 말처럼 모든 현관문 뒤에는 각자의 아픔이 있고, 때로는 남보다 못한 가족도 있다. 나에겐 외삼촌이 그런 존재였다. 단순히 그가 장애를 가졌기 때문만은 아니었다. 그는 엄마보다 여섯 살 많은 오빠로, 엄마에겐 유일한 형제였다. 스무 살 무렵 벌목소에서 일하다가 다이너마이트 폭파로 큰 통나무 밑에 깔리는 사고를 당하는 바람에 왼쪽 다리 무릎 아래를 절단했다. 문제는 그 후 집에서 그가 일종의 폭군이 되었다는 것이었다. 처음부터 아버지가 없었던 집에서 그는 자신의 어머니와 어린 동생에게 물리적, 심리적 폭력을 반복적으로 행사했으며, 자기를 이렇게 만든 세상에 대한 원망이 도를 지나친 나머지 아무것도 하지 않은 채 분노와 좌절로 스스로의 인생을 망쳐 버렸다. 그때부터 엄마의 인생 목표는 '이 집에서 벗어나는 것'이 되었고 외삼촌은 외할머니에게 평생 안고 가야 하는 짐이 되었다. 실제로 이안나 여사는 죽을 때까지 외삼촌과 함께 살았다.

당연히 그에 대한 나의 감정은 복합적이었고 대개는 적대적이었다. 다른 가정의 외삼촌들처럼 그에게 조카에 대한 사랑과 관심까지 원한 것은 아니었다. 다만 더 이상은 그가 엄마의 삶에 개입하거나, 더 나아가 파괴하지 않기만을 바랐을 뿐. 오빠에게 맞던 중학생은 어른이 되어서도 그의 그늘에서 완전히 벗어나지 못했다. 끊임없이 그를 신경 쓰고, 돌보고, 경제적이고 물리적인 도움을 주어야 했다. 오래전 외할머니가 돌아가신 이후, 외삼촌이 문제를 일으키거나 병원에 가거나 생활할 곳을 찾으면 어김없이 그걸 해결해야 하는 건 엄마였다. 철없던 시절에는 그런 엄마가 답답해 보였다.

"제발 그냥 신경 쓰지 마. 자꾸 그러니까 엄마가 외삼촌한테서 벗어나질 못하는 거야."

그때마다 엄마는 구겨진 얼굴로 답했다.

"그럼 어떡하니. 가족인데."

85

— 얘는 평생을 물에 뜬 시체처럼 살 운명이야.

외삼촌이 태어나고 백일이 채 되지 않았을 때, 옆집에 살던 신점 보는 사람이 아기를 보고 말했다. 어머니 이안나 여사는 독실한 크리스천이자 교회 권사님이었으므로 그 말을 무시했을 뿐 아니라, 몹시 화를 내며 이후 이웃과는 말도 섞지 않았다. 그러나 놀랍게도 벌목소에서의 사고 이후 그의 삶은 어떤 면에서 예언을 따라 흘러갔다. 외삼촌이 병원에 입원해 있을 때, 중학생이었던 엄마는 외할머니와 함께 병원 뒷산에 올라가 외삼촌의 잘린 종아리를 묻었다고 했다. 어렸을 때부터 들었던 이 이야기가 주는 이미지는 나에게 아주 강렬하게 각인되어 있어서, 대학원 시 수업에서 '유년의 기억'을 가지고 시를 쓰라는 과제를 받았을 때 떠오를 수밖에 없었다.

시는 이렇게 시작한다.

물 위로 떠오른 시체
그것이 그의 미래

벌목소 다니던 시절
왼쪽 종아리가 사라졌다

바람이 불 때마다
종아리는 더 걷고 싶었다
강으로 바다로
허벅지를 따라갈 필요 없는 곳으로

시의 중반부가 어땠는지, 결말을 어떻게 지었는지는 불분명하다. 엄마 시점으로 돌아가 "아기만 한 종아리를 들고/ 어린 누이가 산에 올랐다"처럼 서술하는 방식으로 썼는지, 아니면 어릴 적 외삼촌이 종종 나에게 의족 끼우는 걸 도와 달라고 했던 기억을 활용해 "키 작은 다리 끝은/ 둥글었다 손톱 빠진 손끝처럼/ 양말을 신겼다 플라스틱 다리에/ 종아리가 숨었다/ 아이처럼 잽싸게"처럼 이미지 중심으로 썼는지 모르겠다. 지금 그때 과제 파일을 열어 보면 이것보다 더 많은 버전이 뒤죽박죽으로 섞여 있어 최종적으로 수업에 어떤 시를 냈는지는 정확히 알 수 없다. 나는 시를 지독히도 못 쓰는 학생이었고, 따라서 그 수업 대부분은 시 잘 쓰는 동료들에 대한 질투와 찬탄, 그에 대비되는 내 시에 대한 열등감으로 채워졌다. 당연히 수많은 시도를 했고 대부분의 시도는 실패하거나 오해받거나 혹평받았다.

다만 확실히 기억나는 것도 있다.

선생님은 내가 제출한 시를 한참 동안 들여다보더니 이렇게 말했다.

이런 시가 제일 애매한데.

86

기도원은 포장된 도로를 벗어나 산길로 한참 들어가야 했다. 어느 순간부터 내비게이션에는 다른 모든 표시가 사라지고 구불구불한 선 하나만 남았다. 목적지에 도착했을 때는 저물어 가는 해가 주황색 책갈피처럼 산에 걸려 있었다. 푸른색 화살표가 멈춘 곳에 차를 세우고 내렸더니 제일 먼저 엉성한 나무 간판이 눈에 들어 왔다.

샬롬기도원.

간판과 달리 기도원은 그냥 가정집처럼 보였다. 황금색 장식이 달린 검은 현관문에는 과장된 문양들이 잔뜩 새겨져 있었다. 창문이 있었지만 안에서 블라인드를 내려 보이지 않았고, 마당에는 커다란 컨테이너 박스가 놓여 있었다. 벨을 누를까 하다가 전화를 먼저 걸었더니 금세 문이 열렸다.

"누구세요?"

나는 문을 연 사람이 전화를 걸었던 여자임을 직감했다.

"여형식 씨 가족입니다."

여자는 들어오라는 손짓을 했다. 오래되어 보이는 실내에서는 나무 냄새가 났다. 거실 소파에 앉자 여자가 차를 한 잔 내왔다.

"여 집사님을 돌본 지가 벌써 15년이나 됐네요. 그간 열심히 해 준다고 해 줬는데, 뭐 본인 입장에선 섭섭한 것도 있었겠죠."

여자는 외삼촌과 자신, 기도원과 여기 오가는 사람들에 관해 두서없이 이야기했다. 원래 연락하던 번호로 몇 번이나 연락을 해 봤지만 닿지 않았다고 했다. 엄마 번호는 이미 다른 사람이 쓰게 된 지 오래였으니까. 아빠는 왜 받지 않았을까? 그건 모르겠다. 내 연락처를 어떻게 알았느냐는 질문에 여자는 소포 봉투를 보관하고 있었다고 했다.

소포?

생각해 보니 몇 년 전 첫 책이 나왔을 때 아빠에게 부탁해 외삼촌에게 『체이싱 유』를 한 권 보낸 적이 있었다. 아버지는 외삼촌에게 이따금씩 여름옷이나 내복, 겨울 외투나 성경 같은 걸 보내 주곤 했다. 그때 책을 보냈던 내 마음이 기억났다. 그건 외삼촌에게 보내는 항의 편지 같은 거였다. 삼촌, 여기 당신 조카가 살아 있어요. 내가 궁금하지 않나요?

도무지 끝날 기미가 보이지 않는 여자의 말을 들으며 나는 이 사람이 정말로 원하는 게 뭔지 궁금했다. 내온 찻잔은 비어 버린 지 오래였다. 나는 죄송하지만 곧 돌아가야 한다고 말했다. 그러자 여자의 말이 빨라졌다.

"소지품이 조금 있어요. 나야 버리면 그만이지만 가족들한테는 의미 있는 물건일 수도 있잖아요. 뭐 유품은 아니라도."

"가져가겠습니다."

"아, 그리고……"

여자가 갑자기 일어나더니 안방처럼 보이는 곳으로 들어가 종이 한 장을 들고 나왔다.

"이것 좀 봐 주세요."

각   서

성 명 :

주 소 :

주민등록번호 :

상기 본인은 여형식 집사와 관련하여 일금 일천일백만원에 대한 소유권을 주장하지 아니하며,

이후 어떠한 이의도 제기하지 않을 것임을 이행 각서한다.

"이게 뭔가요?"

"그게……."

알고 보니 삼촌은 여기서 기도원 관리인 비슷한 역할을 했고, 동시에 숙식을 해결하면서 월세 비슷한 것을 내고 있었던 모양이었다. 관리인 역할을 하게 했으면 마땅히 임금을 주어야 하는데, 임금은커녕 식사와 잠자리를 제공한다는 이유로 기도원장은 매월 삼촌이 받는 기초생활수급자 생활 급여에서 30만 원씩을 받아 챙겨 왔다. 게다가 각서에 적힌 돈은 그와 별개로 꾼 개인 채무였다.

"내가 형편이 어려워져서 조금 빌렸는데, 분명히 우리 여 집사님이 안 갚아도 된다고 했거든요. 그냥 가지시라고. 집사님이 내 기도 응답이에요. 어쩜 그럴 수가 있었을까? 그분이 우리 기도원의 사명을 누구보다 잘 이해하고 계신 분이라서 그래. 근데 이렇게 갑자기 사라져 버리셨잖아. 나도 마음이 안 좋고. 그래서 이왕 가족이 오신 김에 확실히 좀 해 두려는 거지 뭐. 사실 나도 그동안 우리 여 집사님한테 받아야 하는데 안 받은 거 엄청 많습니다?"

여자는 미안한 건지, 감동한 건지, 화가 난 건지 모를 표정으로 말했다. 나는 잠시만 시간을 달라고 하고 밖으로 나와 아빠에게 전화를 걸었다. 이번에는 통화가 연결됐다. 자초지종을 설명하니 아빠는 긴 한숨을 쉬었다.

─그냥 해 줘.

아빠가 말했다.

─진짜요?

내가 되묻자 아빠는 덧붙였다.

─니 삼촌이 더러워서 나간 모양이다. 어딜 가든 살아 있어야 할 텐데.

87

각서에 서명을 하자 여자의 얼굴이 밝아졌다. 나는 외삼촌의 물건을 보여 달라고 했다. 여자는 열쇠 꾸러미를 챙겨 앞장서더니, 들어올 때 봤던 마당의 컨테이너 쪽으로 향했다. 어느새 바깥은 어두워져 있었다. 외삼촌이 여기서 지냈다는 건가? 문을 열자 어렴풋이 바닥에 이불 같은 것들이 보였다. 얼마 전까지 누군가 생활하던 흔적이었다.

"불을 켜야지, 참."

여자가 전등을 켜는 순간 나는 얼어붙었다. 문제는 바닥이 아니었다. 벽. 컨테이너 벽 전체에 수천 개의 작은 쪽지들이 붙어 있었다.

"이게…… 다 뭐죠?"

"우리 여 집사님 작품이에요. 자세히 보세요. 하나하나 다 성경 말씀이라니까."

나는 천천히 손으로 벽을 더듬으며 쪽지를 살폈다. 태초에 하나님이 천지를 창조하시니라. 나의 고난이 매우 심하오니 여호와여 주의 말씀대로 나를 살아나게 하소서. 부지런하여 게으르지 말고 열심을 품고 주를 섬기라. 언젠가 보고 들었던 문장들이 외삼촌의 손으로 적혀 있었다. 다른 곳에서 비슷한 메모를 본 적이 있었던가? 머리가 어지러웠다.

"어떻게, 이것도 가져가실래요?"

대답 대신 나는 쪽지들을 한 장씩 떼기 시작했다. 언젠가 이곳에 허리를 구부리고 앉아, 의족을 옆에 벗어 두고 이 작고 정갈한 글씨들을 써 내려갔을 어떤 남자를 생각하면서. 쪽지는 모두 2087개였다.

여자는 외삼촌이 남기고 간 옷가지, 성경 몇 권, 손전등, 지팡이 등을 라면 박스에 담아 나에게 건넸다. 맨 위에는 외삼촌이 남기고 갔다는 마지막 쪽지가 놓여 있었다.

그동안 感謝했읍니다.
내내 平安하소서.
— 여형식 올림

"더 있나요?"

여자는 고개를 저었고, 그러자 손에 들고 있던 열쇠들이 짤랑거리는 소리를 냈다. 나는 짐을 트렁크에 싣고 기도원을 빠져나오다가 창문을 내리고 집으로 들어가려는 여자에게 소리쳐 물었다.

"어디로 갔을까요?"

여자는 나를 처음 본 사람처럼 말했다.

"나야 모르지."

88

호텔로 돌아갔을 때 은채는 자고 있었고, 은혜는 나를 기다리고 있었다. 나는 은혜에게 외삼촌에 대해 길게 이야기했다. 예언과 사고와 종아리에 대해. 폭력과 상처와 시에 대해. 우리 가족에게 외삼촌은 고통의 역사였다고 말하면서 나는 내가 평생 그것에서 비겁하게 도망쳐 다녔다는 사실을 깨달았다. 방구석에 놓인 라면 박스 속에 외삼촌의 종아리가 들어 있을 것만 같았다.

이야기를 마치고 라면 박스 속 쪽지를 보여 주었을 때 은혜는 말없이 나를 안아 주었다. 무슨 말을 더 하려던 나는 결

국 조금 울었다. 그날 밤 우리는 편의점에서 술을 사 와 잘 미
시지도 못하는 맥주를 두 캔이나 나누어 마셨다.

89

다음 날 아침, 은채가 내 배 위로 올라와 장난을 치는 비
람에 잠에서 깼다.

"아빠, 바다 보여! 바다!"

눈을 비비며 일어나 보니 창문 너머로 정말 푸른 바다가
보였다. 은채는 호텔 발코니에서 거의 펄쩍펄쩍 뛰면서 바다!
바다!를 반복해서 외쳤다. 아이의 목소리가 커질수록 나는
그 아득한 푸르름이 두려워졌다. 영원히 반복될 것처럼 보이
는, 그래서 우리로 하여금 삶이 유한하다는 것을 잊어버리게
만드는 저 파도의 되풀이가 소름 끼치게 두려웠다. 모든 것은
줄어든다. 모든 것은 사라진다. 모든 것은 끝난다. 앞으로 나
는 저 바다를 몇 번이나 더 보게 될까? 100번? 50번? 30번?
은혜에게는 어떨까? 아니, 은채에게는 몇 번의 기회가 남아
있을까?

모든 숫자는 정해져 있다. 다만 우리가 알지 못할 뿐.

문득 외삼촌이 남긴 물건 중에 내 책이 없다는 사실이 떠

오른다. 가방 하나만 메고 사라졌다는 그는 정말로 내 책을 가져갔을까? 그는 대체 어디로 간 걸까?

90

롤랑 바르트의 이 짧은 메모들은 천천히 읽어야 합니다. 왜냐고요? 천천히 읽어야만 이해할 수 있기 때문입니다. 쓰인 것보다 쓰이지 않은 것이 더 중요하기 때문에요.

폴 오스터의 짧은 소설 「오기 렌의 크리스마스 이야기」에서, 뉴욕 브루클린의 시가 가게 점원 오기 렌은 평범해 보였던 손님 폴이 소설가라는 사실을 알고 그를 불러 자신의 사진 작업을 보여 줍니다. 알고 보니 그건 매일 가게 건너편의 똑같은 장소에서 12년 동안 찍은 4000여 장의 사진이에요. 특별한 게 있을 리 없겠죠. 폴은 당연히 사진들을 건성으로 보며 빠르게 넘기고, 그러자 오기가 그를 제지합니다. 그리고 말해요. "너무 빨리 보고 있어. 천천히 봐야 이해가 된다고." 폴은 오기의 말대로 사진을 천천히 보기 시작합니다. 그러자 그전까지 보이지 않던 것들이 눈에 들어와요. 날씨의 변화, 계절에 따라 변하는 빛의 각도, 토요일과 일요일의 차이, 사람들의 표정과 몸짓. '천천히' 사진을 봄으로써 폴은 발견하게 된 것이죠. 사진과 사진 사이의 시간, 자연과 인간의 느리지만 확실한 변화, 그리고 그 속에 담긴 각자의 숨겨진 드라마를요.

예술이란 시간을 담는 작업입니다. 여기서 시간은 두 종류지요. 예술가의 시간, 그리고 대상의 시간. 예술을 읽거나 보거나 듣는다는 것은 줄거리를 파악하거나 형식을 이해하는 것이기도 하지만, 궁극적으로는 거기 담긴 시간을 해독하는 일입니다. 요약은 허용되지 않습니다. 요약에는 시간이 제거되어 있으니까요. 그건 반칙이에요. 애도도 마찬가지입니다. 애도는 오직 느린 속도로만 가능하죠. '천천히' 보아야 해요. 망각이 제트기라면 애도는 도보 여행입니다. 빠르게 목적지에 도착하는 것이 아니라, 길을 걷다가 차라리 주저앉아 버리는 것입니다.

자, 천천히 생각해 봅시다. 우리가 애도하는 것들을. 우리가 애도해야만 하는 것들을. 그렇게 하면 전에 보이지 않던 것들이 보이고, 들리지 않던 목소리가…… 어?

91

서울로 돌아오는 차 안에서 은혜는 「섬집 아기」를 튼다. 은채를 재우려는 심산이다. 그러나 은채는 잠들지 않고, 오히려 목소리를 높이며 익숙한 자장가를 거부한다. 포기하고 채널을 라디오로 돌리는 순간 BTS의 「다이너마이트」가 흘러나온다. 처음 듣는 노래지만 몇 번이나 들어 본 것처럼 익숙하다. 다나나나나나나나나나나나나 라이프 이즈 다이너마이트……
다나나나나나나나나나나나나 라이프 이즈 다이너마이트……

그때의 나는 아직 모른다. 앞으로 3개월간 차 안에서는 무조건 「다이너마이트」를 들어야 한다는 것을. 이 여행 이후 은채의 최애곡은 더 이상 「바나나 차차」가 아니며, 이제 은채는 세상 어느 곳에나 존재하는 BTS를 볼 때마다 "오빠들이다!"라고 소리치게 된다는 것을. 그리고 나는 외삼촌의 라면 박스와 쪽지들에 관해서는 곧 잊어버리지만, 몇 학기 뒤 롤랑 바르트의 『애도 일기』 수업을 하다가 불현듯 엄마 납골당에 놓여 있던 쪽지를 떠올리며, 거기 적혀 있던 성경 구절이 누구의 글씨인지를 깨닫게 된다는 것을.

고통

92

마흔이 지나고 처음으로 허리가 아프기 시작했다. 수많은 작가들이 자신의 고질병으로 허리 디스크, 목 디스크, 터널 증후군을 이야기할 때도 나는 습관적인 두통과 복통 말고는 별다른 증상이 없어 다행이라 여기던 차였다. 엄마는 언젠가 디스크가 터져 긴급수술을 한 적이 있을 정도로 허리가 좋지 않았기 때문에, 나는 다행스럽게도 엄마를 닮지 않은 거라고 생각했다. 아빠는 당뇨와 요로결석이 있었지만 허리는 괜찮았다.

아니었다.

두 권의 책을 내고 얼마 지나지 않아 샤워를 하다가 재채기를 한 번 했는데, 그때부터 갑자기 허리를 똑바로 펼 수가 없었다. 말로 표현할 수 없는 극심한 고통이었다. 너무 이상한 느낌이라 거울에 나를 비춰 보았더니 놀랍게도 상체와 하체가 만나는 부분이 한쪽으로 완전히 일그러져 있었다. 며칠 동안 타이레놀과 애드빌, 근육 이완제 몇 종을 먹어 보았지만 차도가 없었다. 은혜는 그러지 말고 제발 병원에 가 보라고 했다.

운전을 할 수 없어 절뚝거리면서 버스를 타고 정형외과로 향했다. 머리를 짧게 자른 의사는 엑스레이를 먼저 찍게 하더니 모니터 속 내 척추뼈 사진을 보면서 말했다.

"여기 보세요. 똑바르죠? 척추가 이러면 안 돼요. 에스자로 휘어 있어야지."

나는 통증을 참으며 의사가 가리키는 곳을 바라보았다. 모니터 속에는 검은색 가운데 흰색 척추뼈가 은은하게 빛나고 있었다. 에스자가 아니라 일자로, 아주 반듯하게.

93

유학 시절 도시공학을 전공한 핀란드계 논문 지도교수는

특정한 단어 몇 개를 반복해서 말하곤 했다. 그중에서도 가장 많이 했던 말 중 하나는 백본(backbone)이었다. 왓 이즈 더 백본 오브 유어 띠시스? 처음에는 그게 정확히 무슨 뜻인지 몰라 사전을 찾았던 기억이 난다. 뼈는 뼈인데, 뒤에 있는 뼈? 단어의 뜻은 정말로 그랬다. 뒤에 있는 뼈. 척추. 등뼈. 동시에 근간이자 중추를 의미했다. 아래에서, 혹은 뒤에서 무언가를 받치고 있는 가장 중요하고 단단한 것. 백본.

4번과 5번 디스크가 터지는 바람에 긴급수술을 해야 했던 엄마 곁에서 이틀을 잔 적이 있다. 키가 낮은 보호자용 간이침대에 누워 있는데 침대 쪽에서 엄마가 잠꼬대처럼 중얼거렸다. 의사 선생님 말씀이, 내 척추가 너무 똑바로 서 있대. 휘어져 있어야 하는데, 바보같이 똑바로 서 있대……. 엄마는 같은 말을 반복하다가, 흐느끼다가, 잠들기를 되풀이했다. 나는 비몽사몽간에 그 이야기를 흘려들었다. 다음 공모전에 응모할 소설의 분량을 염려하면서.

평생 처음 찍어 본 척추 엑스레이 사진 앞에서 나는 엄마를 떠올렸다.

엄마는 사라진 게 아니었다. 죽은 것도 아니었다. 엄마는 내 안에 있었다. 바로 저기, 조금 전에 옆으로 누워 찍은 사진 속에 있었다. 에스자로 휘어져 있어야 할 곳에서도 꼿꼿이 서 있는, 어둠 속에서도 하얗게 빛나고 있는, 똑바르고 반듯해서

아픈,

엄마.

내 가장 깊은 곳, 나의 기둥, 나의 백본.

94

여기, 하나의 죽음이 있습니다.

이름은 스코티. 나이는 여덟 살. 엄마의 이름은 앤 와이스.
아빠는 하워드입니다. 이들은 미국의 평범한 중산층 부부예
요. 토요일 저녁, 곧 돌아올 스코티의 여덟 번째 생일을 맞아
앤은 동네 쇼핑센터의 빵집에 가서 우주선과 발사대가 그려
진 맞춤 케이크를 주문합니다. 월요일에 아들의 생일 파티가
있거든요. 주문은 정상적으로 처리되고, 빵집 주인은 특별 주
문 사항을 주문서에 기입합니다. 빵집 주인의 퉁명스러운 태
도 때문에 앤이 그와는 더 이상 말을 섞지 말아야겠다고 생각
한 것을 제외하면 거기까지는 아무것도 특별한 건 없습니다.

삶에서 우연이란 종종 잔인한 가면을 쓰고 나타납니다. 가
면의 이름은 '하필'이에요. '하필' 자신의 생일 아침 스코티는
차에 치이고, '하필' 차는 잠시 멈춰 서 있다가 스코티가 다
시 일어나는 것을 보고 가 버리며, '하필' 아이는 집으로 돌아

가 모든 사정을 엄마에게 말한 뒤 혼수상태에 빠집니다. '하필' 부부가 아이를 병원으로 데려가 치료하며 극도의 혼란 상태에 빠져 있을 때 빵집 주인은 계속해서 전화를 걸어 대고, '하필' 의사는 아이의 증상을 정확히 파악하지 못하는 데다, '하필' 아이는 100만 명당 한 명꼴로 발생한다는 특이한 혈관 폐색 증상에 의해 며칠 후 사망하고 맙니다.

일어난 모든 일의 앞에 하필, 이라는 말이 붙지만 떨어뜨려 보면 아주 불가능한 일들만은 아닙니다. 비행기가 추락하기 위해서는 적어도 일곱 개의 실수가 연속적으로 일어나야 한다고 하지요. 누적된 우연, '하필'의 반복이 아이를 죽음으로 몰아넣었습니다. 이 소설의 작가는 이 과정을 마치 관찰 일지를 쓰듯 건조하고 담담하게, 그래서 불현듯 서늘한 느낌이 들도록 쓰고 있지요. 이 소설에서의 마지막 '하필'은 아마도, 스코티의 죽음 이후 전화를 걸어온 이가 빵집 주인이라는 사실을 알게 된 부부가 늦은 밤 빵집을 찾아가는 순간일 것입니다.

어린 아들의 죽음이라는 끔찍한 고통을 당한 부모는 갈 길 잃은 자신들의 분노를 빵집 주인에게 쏟아붓습니다. 빵집 주인에게 이들은 주문을 해 놓고 찾아가지 않은 진상 고객일 뿐이기에 주인 역시 이에 맞섭니다. 그러나 곧 주인은 부부의 사연을 알게 되고, 그러자 태도를 바꾸어 부부에게 갓 구운 시나몬롤빵과 따뜻한 커피를 대접합니다. 부부가 빵을 충분히 먹고 허기를 채웠을 때, 빵집 주인은 안쪽에서 또 다른 빵, 이름도 없는 검은 빵 덩어리를 가져와 먹어 보기를 권합니다. 빵집 주인은 자신의 인생 이야기를 털어놓기 시작하고, 날이 샐 때까지 그들은 한자리에 앉아 그 이야기를 듣습니다.

무슨 얘기냐고요?

……레이먼드 카버의 단편소설 「별것 아닌 것 같지만, 도움이 되는」 이야기입니다. 제가 전에 공지하지 않았었나요?

95

2021년 11월 8일 월요일, 퇴근하고 집에 돌아온 은혜가 마스크를 벗으면서 기침을 했다.

"괜찮아?"

내가 묻자 은혜는 고개를 끄덕였다. 지난주부터 학생들 생활기록부 작성 때문에 학교에 일이 많다고 하더니 컨디션이 썩 좋지 않은 모양이었다.

"허리 조심해. 알지? 전에 나 재채기하다가 허리 나갔잖아."

은혜는 손을 씻고 나와 소파에 앉으며 답했다.

"허리는 괜찮은데…… 목이 계속 따갑네."

"타이레놀 줄까?"

"학교에서 먹고 왔어."

나는 괜찮을 거라고, 저녁에는 배달 음식을 시킬 거니까 조금 쉬고 있으라고 말하고는 씻기 싫다고 칭얼거리는 은채를 데리고 욕실로 들어가 씻겼다. 머리를 감고 샤워를 하는 내내 아이는 요즘 빠져 있는 「시크릿 쥬쥬」 노래를 불렀다. 내일은 더더더 내일은 꼭꼭꼭 빛날 거야 꼭 이룰 거야……. 로션을 발라 주고, 속옷과 내복을 입히고, 머리까지 말리고 다시 거실에 나오니 그때까지 은혜는 옷도 갈아입지 않은 채 똑같은 자세로 소파에 앉아 있었다.

"계속 안 좋아?"

은혜는 가라앉은 목소리로 뭐라고 말했다. 아이가 뛰어다니면서 더 큰 소리로 노래를 부르는 바람에 목소리가 잘 들리지 않았다. 때론 짙은 어둠 속에 길을 잃고 방황해도 서로의 빛을 찾아 언제나 꿈 지킬래…….

"은채야, 잠깐만. 아빠랑 엄마 얘기 좀 할게."

아이를 진정시키고 은혜 쪽을 바라보았다. 이번에는 똑똑히 들렸다.

"PCR 검사 해 봐야겠다고."

96

보건소는 차로 15분 거리에 있었다. 검사 종료 시간까지는 아직 시간이 있어서 배달시킨 김밥과 떡볶이를 먹고 차에 탔다. 차 안에서도 은혜는 마스크를 벗지 않았다. 은채는 뒷좌석에서 「시크릿 쥬쥬」 노래를 틀어 달라고 했다. 차 안은 코인 없는 노래방이 되었고 아이는 목이 터져라 같은 노래를 되풀이해 불렀다. 내일은 더 빛날 거야 내일은 꼭 이룰 거야 멀리 있어도 늘 함께니까…….

도착해 보니 보건소 주차장에는 자리가 없었다. PCR 검사를 받기 위해 도로까지 나와 줄 선 사람들이 보였다. 급하게 내비게이션을 검색해서 한참 떨어진 공영 주차장에 차를 세웠다. 셋이 보건소를 향해 걸어가고 있는데, 중간에 놀이터를 발견한 은채가 그네를 타고 싶다고 떼를 썼다.

"여기 있어 그럼. 다녀올게."

아이와 실랑이를 하는 사이 은혜가 빠르게 보건소 쪽으로 걸어갔다. 방금 전까지 울먹이던 은채는 언제 그랬냐는 듯 그네로 달려가더니 앞뒤로 힘차게 몸을 흔들었다. 어디선가 나타난 노란 줄무늬 고양이 한 마리가 나와 함께 말없이 은채의 진자운동을 지켜보았다.

은혜가 돌아온 건 30분도 더 지나서였다. 이미 지친 은채와 나는 벤치에 앉아 은혜를 기다리고 있었다. 조금만 더 기다렸으면 고양이에게 이름을 지어 줄 뻔했다.

"사람 많았어?"

"응."

"음성일 거야. 너무 걱정하지 마."

"응."

우리는 다시 주차장으로 걸어가 차를 타고 집으로 돌아왔다. 돌아올 때는 모두가 말이 없었다. 은채마저 조용히 창밖만 바라보았다. 「시크릿 쥬쥬」 노래 가사가 이명처럼 귓속을 떠돌았다. 내일은 더 빛날 거야. 내일은 꼭 이룰 거야.

내가 말렸지만, 그날 밤 은혜는 마스크를 쓰고 잤다.

97

전화 소리에 잠이 깼다. 은혜가 전화를 받았고, 멀리서 목소리가 의식 속으로 파도처럼 밀려왔다.

"네, 맞는데요. 네, 네, 아⋯⋯."

마지막 '아' 소리를 듣는 순간 눈이 번쩍 떠졌다. 파도가 아니라 쓰나미라는 직감. 보건소에서 걸려온 전화였다. 내가 몸을 일으키자 은혜가 마스크를 고쳐 쓰며 말했다.

"양성이래."

2021년 11월 9일 화요일 아침 8시 37분이었다. 침대 밑에서 은채는 아직 자고 있었고, 나 역시 글을 쓰다가 잠든 지서너 시간밖에 되지 않았다. 집채만 한 파도를 맞은 목조건물처럼 머릿속이 부서진 채 짧은 생각들만 둥둥 떠다녔다. 이제 어떻게 되는 거지? 나도 걸렸을까? 은채는? 어린이집은?

"확진자한테는 전화가 오고, 음성 나온 사람한테는 문자가 온대. 그래서 벨 소리를 켜 뒀거든."

은혜는 침대에서 일어나 방문 근처까지 걸어간 다음 몸을 돌려 말했다.

"생활 치료 센터를 알아봐 주겠대."

"그럼 어떻게 되는 거야?"

"구급차가 올 거래."

"구급차?"

"그걸 타고 입소해야 해."

"얼마나?"

"2주……."

그때만 해도 우리는 코로나가 다 같은 코로나인 줄로만 알았다. 델타니 오미크론이니, 독감 수준이니, 일일 확진자 62만 명이니 하는 이야기는 상상도 하지 못했던 시기였다. 매일 전국에서 확진자가 딱 1000명 나오던 시절. 걸리면 뉴스와 소문의 중심이 되고, 동선이 공개되며, 구급차가 출동하던 시절. 은혜가 그 1000명 중의 한 사람이 되었다.

오전 내내 전화가 계속해서 걸려왔다. 역학 조사관, 보건소, 구청……. 동거인 전화를 알려 준 다음부터는 내 전화도 울리기 시작했다. 나와 은채는 자가 격리 대상자로 지정되었다. 은혜는 자신의 카드 번호와 동선, 그 과정에서 접촉한 사람들을 역학 조사관에게 보고하고 있었다. 생활 치료 센터 입소자가 밀려 있어 오늘은 입소가 불가능하니 하루 대기했다가 내일 입소하는 것으로 가닥을 잡았다. 만 하루 동안 우리는 같은 공간에 있어야 했다. 무엇보다 당장 나와 은채도 PCR 검사를 받아야 했다.

은채를 차에 태우고 보건소로 향했다. 어제와 똑같은 「시크릿 쥬쥬」 노래를 들으면서 갔다. 이번에는 노래가 하나도 귀에 들어오지 않았다. 보건소에는 어제보다 더 긴 줄이 있었고, 주차 자리는 여전히 없었다. 멀찍이 떨어진 공영 주차장에 차를 세우고 보건소를 향해 걸었다. 놀이터 앞에서 다시 은채가 그네를 타겠다고 했지만, 이번에는 그 부탁을 들어줄 수 없었다.

보건소에 도착하니 방호복을 입은 사람들이 다가와 먼저 전자 문진표를 작성해야 한다고 했다. 검사 경위: 확진자 접촉. 확진자 이름: 김은혜. 발열: 없음. 현재 증상: 증상 없음. 접

촉 의심 여부: 예. 은채 것까지 두 개를 작성하고, 손을 소독하고, 비닐장갑을 낀 다음 줄 뒤에 섰다. 은채 손에는 장갑이 너무 컸지만 어쩔 수 없었다. 대신 나는 은채의 장갑 낀 손을 꼭 잡았다. 처음에는 잡고 있는 내 손을 흔들며 「시크릿 쥬쥬」를 흥얼거리던 은채는 줄이 짧아질수록 조용해졌다. 마침내 우리 부녀가 검사관 앞에 섰을 때 아이는 울음을 터뜨렸다.

"아빠 먼저 할게. 봐 봐, 하나도 안 무서워."

나도 처음 하는 PCR 검사였지만 은채를 바라보며 애써 침착한 척했다. 코 안으로 뭐가 쑥 들어오는가 싶더니 순간 뇌까지 찌르고 나가는 느낌이었다. 솔직히 아팠지만 티를 낼 수는 없었다. 이제 은채 차례인데, 아이가 계속 울자 검사관은 손만 넣어 검사할 수 있는 부스에서 나와 접이식 의자를 펼쳤다.

"아버님이 여기 앉으셔서 아이 좀 안아 주세요."

내가 의자에 앉고 그 위에 은채를 앉히자, 검사관은 키를 낮춰 은채 앞에 무릎을 꿇었다. 그러고는 인사인지, 검체 채취용 면봉이 보이지 않게 하려는 건지 모르게 두 손을 흔들며 말했다.

"언니가 금방 끝낼게. 아프게 않게. 알겠지?"

98

"많이 아팠어?"

공영 주차장까지 돌아오는 길에 은채에게 물었다. 은채는 대답 대신 고개를 저었다. 그리고 잡고 있던 내 손을 더 세게 쥐었다. 이제는 비닐장갑 없는 작은 손이 땀으로 끈적거렸다. 나는 조금 전 은채 앞에서 무릎을 꿇었던, 이름조차 알 수 없는 검사관에 대해 생각했다. 잠깐이었지만 아이를 위해 그가 지었던 눈빛을 기억하려 애썼다. 그렇게 해 주어 고마웠다고, 덕분에 아이가 그 순간을 이겨 낼 수 있었다고 말하고 싶었다.

놀이터를 지날 때쯤 은채가 손가락을 치켜들며 소리쳤다.

"노랑 고양이다!"

경우의 수를 따져 본다.

1. 은채 음성(−), 나 음성(−): 은혜만 입소. 둘이 2주 동안 자가 격리한다. 만약 지금 잠복기간 중인 거라면 추후 누구든

확진 가능.

2. 은채 양성(+), 나 음성(-): 은혜와 은채가 함께 입소. 나는 혼자 2주 동안 자가 격리한다. 추후 나도 확진될 가능성 있음.

3. 은채 음성(-), 나 양성(+): 은채 혼자 집에 있을 수 없으니 은혜가 먼저 입소하면 내가 은채와 함께 2주 동안 자가 격리 및 재택 치료하거나, 아예 다 같이 재택 치료한다. 은채를 친가나 외가에 보내 격리하는 방법도 있겠으나 부모님들이 고위험군이고 은채 역시 잠복기간 중일 수 있으므로 위험.

4. 은채 양성(+), 나 양성(+): 모두 양성이면 은혜가 입소할 필요 없이 모두 한꺼번에 자가 격리 및 재택 치료한다.

월드컵에 나간 대한민국 축구대표팀에게 주어진 경우의 수라면 무엇을 원하거나 빌어야 할지 분명한데, 아무리 들여다봐도 이건 잘 모르겠다.

100

미안합니다. 제가 정신이 없었네요. 이렇게 비대면 수업을 하게 된 이유를 말씀드리자면…… 개인적인 사정이지만 어제

아내가 코로나에 확진되었어요. 오늘 오전에 구급차를 타고 격리시설로 떠났습니다. 마음이 좋지 않네요. 이게 다 무슨 일인가 싶지만, 그래도 우리는 수업을 계속해야겠죠. 참, 지금 저는 어린이와 함께 격리 중이기 때문에, 혹시 화면에 어린이가 출몰하더라도 양해해 주시기 바랍니다.

소설로 돌아가 볼까요?

제 생각에 사실 이건 빵에 관한 이야기입니다. 빵. 맞아요. 우리가 일주일에도 몇 번씩 먹는 바로 그 빵이요. 세 개의 빵. 그게 이 소설의 전부입니다.

첫 번째 빵은 스코티를 위해 엄마 앤이 주문한 16달러짜리 초콜릿 케이크죠. 미국 중산층의 문화가 그렇듯 이 케이크는 스코티를 위해 '커스터마이징'되어 있습니다. 하얀 별이 뿌려진 케이크 위에는 우주선과 발사대, 다른 쪽 끝에는 빨간 프로스팅으로 만든 행성이 장식되어 있고, 그 아래엔 초록색으로 스코티의 이름이 적힐 예정이에요. 아마도 이 케이크는 월요일로 예정된 스코티의 생일 파티에서 아주 중요한 역할을 하게 되겠죠. 케이크 없는 파티란 곤란하니까요.

하지만 이 이야기에서 스코티의 생일 케이크는 끝까지 개봉되지 못합니다. 존재 자체로 축하를 받아야 하는 이날 스코티는 도리어 사고를 당하고, 존재 자체가 위협받는 상황에 빠지고 마니까요. 병원에 있는 스코티를 돌보기 위해 부모가 동분서주하는 동안 생일 케이크는 빵집 한구석에서 조용히 상해 갑니다. 마치 스코티처럼요. 아니, '마치'나 '처럼'이 아닙니다. 그건 스코티예요. 거기엔 스코티의 이름이 적혀 있고, 스코티의 꿈이 그려져 있잖아요. 스코티는 케이크고, 케이크는 스코티입니다. 문제는 시체가 된 스코티와 상한 케이크가 누구한테도 쓸모없는 존재라는 것입니다. 나중에 찾아온 부모에게 빵집 주인이 화를 내며 "반값에라도 가져가시오."라고 말하는 순간, 케이크는 정말로 스코티가 됩니다. 8달러와 여덟 살. 이건 유괴범들이 부르는 아이의 몸값처럼 들리기도 하죠.

문학에서 스코티 같은 죽음은 생각보다 드물지 않습니다. 아무런 죄를 짓지 않은, 죽을 이유가 없는 어리거나 결백한 존재의 죽음. 이런 인물들을 우리는 '크라이스트 피겨(Christ figure)'라고 부르죠. 예수에게도 그를 팔아넘긴 몸값이 있었고요. 이런 이들의 죽음은 단순히 억울하고 무고한 비극으로 끝나는 것이 아니라, 남겨진 사람들의 삶을 극적으로 변화시키는 역할을 합니다. 예수의 죽음이 그의 제자와 가족, 심지어 적이었던 로마 군인들까지 변화시켰던 것처럼요.

……그렇다면 스코티의 죽음은 누구를 어떻게 변화시킬까요?

101

코로나19 PCR 검사결과 —음성(확인서)

[Web발신]

(발신번호 (02-2091-4490, 발신시간 21.11.10 09:06)

문은채님(17.08.05/여) 코로나19 PCR 검사 결과 음성(-)입니다.

① 본 문자는 다중이용시설 출입을 위한 PCR 음성 확인 용도로 활용할 수 있습니다.

② 본 문자를 통한 PCR 음성 확인 유효기간은 21.11.12 24:00까지입니다.

(문자를 통보받은 시점으로부터 48시간이 되는 날의 자정까지 인정)

③ 본 문자를 위·변조하거나 사용할 경우, 위·변조한 사람은 물론이고, 위·변조된 문자를 사용하는 사람도 "형법"상 공문서 위·변조 및 위·변조 문서의 행사 등 관련 규정에 따라 형사처벌(10년 이하의 징역) 대상이 될 수 있음에 유의바랍니다.

—서울특별시 도봉구 보건소

코로나19 PCR 검사결과 —음성(확인서)

[Web발신]

(발신번호 (02-2091-4490, 발신시간 21.11.10 09:06)

문지혁님(80.01.21/남) 코로나19 PCR 검사 결과 음성(-)입니다.

① 본 문자는 다중이용시설 출입을 위한 PCR 음성 확인 용도로 활용할 수 있습니다.

② 본 문자를 통한 PCR 음성 확인 유효기간은 21.11.12 24:00까지입니다.

(문자를 통보받은 시점으로부터 48시간이 되는 날의 자정까지 인정)

③ 본 문자를 위·변조하거나 사용할 경우, 위·변조한 사람은 물론이고, 위·변조된 문자를 사용하는 사람도 "형법"상 공문서 위·변조 및 위·변조 문서의 행사 등 관련 규정에 따라 형사처벌(10년 이하의 징역) 대상이 될 수 있음에 유의바랍니다.

—서울특별시 도봉구 보건소

102

2021년 11월 10일 수요일 아침 9시 6분, 전화 대신 문자가 왔다. 결과는 둘 다 음성. 1번이었다. 경우의 수를 꼽아 보던 우리는 이게 다행인지 불행인지 혹은 최선인지 차선인지 최악인지 판단할 겨를조차 없었다. 그건 이미 일어난 일이었고, 그렇다면 그다음 수순은 받아들이는 것뿐이었다. 나는 수업을 듣는 학생들에게 비대면 수업을 공지하고 양해를 구했다. 은혜는 캐리어에 병원에 가져갈 짐을 싸 두고 기다렸다. 오전

11시 35분, 구급차가 집 근처에 도착했다는 연락이 왔고 은혜는 집을 떠났다. 포옹도 뽀뽀도 없는 건조한 이별이었다. 걱정했던 것과 달리 은채는 엄마와 헤어질 때 울지 않았다.

103

두 번째 빵은 늦은 밤 앤과 하워드 부부에게 빵집 주인이 대접하는 시나몬롤빵입니다. 찾아가지 않은 스코티의 케이크를 두고 부부와 감정 대립을 벌이던 빵집 주인은 스코티가 죽었다는 이야기를 듣자마자 부부에게 진심으로 사과하죠. 그리고 그들에게 용서를 구하면서 오븐에서 갓 구운 따뜻한 시나몬롤빵과 방금 내린 커피를 대접합니다. 이렇게 말하면서요.

"아마 뭘 좀 먹는 게 좋을 겁니다. 여기 갓 나온 따뜻한 롤빵을 드셔 보세요. 계속 먹고 힘을 내야 합니다. 이럴 땐 먹는 게 별것 아닌 것 같아도 도움이 되는 법이니까요."

'어 스몰 굿 싱(A Small, Good Thing)'이라는 소설의 원래 제목이 바로 여기서 나왔어요. 우리말로는 이렇게 번역할 수 있겠죠. 작지만 좋은 것. 대단치 않지만, 쓸모가 있는 것. 이 제목이 가리키는 것은 바로 시나몬롤빵인 셈이죠. 갓 구운 빵은 얼마나 달콤하고 따뜻할까요? 잠깐 살았던 제 경험에 비추어 보면, 미국의 디저트는 상상도 못 할 정도로 달았던 것 같아요. 머리가 띵, 하고 울릴 정도로요. 앤과 하워드는 그런 빵을 먹습니다. 소설에 보면 앤은 롤빵을 세 개나 먹어 주인을 기쁘게 했다고 되어 있어요. 하지만 생각해 봅시다. 자식을 잃은 사람에게 빵을 주는 것을 과연 위로라고 부를 수 있을까요? 상상할 수 있는 가장 큰 고통으로 몸과 마음이 완전히 탈진해 버린 사람에게 우리는 어떤 말을 건네야 할까요? 빵집 주인은 섣부르게 그 상처와 고통에 관해 말하거나 위로하려고 하지 않습니다. 그저 빵을 건넬 뿐이에요. 달고 따뜻한 그 시나몬롤빵을요.

또 하나 우리가 주목해야 하는 부분은 지금 이 세 사람이 둘러앉아 빵과 커피를 마시고 있다는 사실 그 자체입니다. 방금 전까지 이들은 서로를 적대적으로 몰아붙이는 사이였잖아요? 그런데 지금은 함께 뭔가를 먹고 있습니다. 현실에서나 문학에서나 함께 식사를 한다는 것은 일종의 친교 행위입니다. 먹는다는 건 아주 사적인 일이기 때문에, 우리는 모르거나 싫어하는 사람과 일은 같이 할 수 있어도 결코 밥은 함께 먹고 싶지 않죠. 제가 여러분에게 오늘 수업 끝나고 저랑 같이 밥 먹자고 하면 누가 좋아하겠어요? (웃음) 반대로 좋아하는 사람, 친해지고 싶은 사람에게 가장 많이 하는 이야기는 뭘까요. '밥 한번 먹자'입니다.

한 걸음 더 나아가면 우리는 이것이 단순한 식사가 아니라는 것을 알 수 있습니다. 힌트를 드려 볼까요? 이 세 사람이 함께 먹고 마시는 이유는 지금 여기 없는 사람, 스코티 때문입니다. 어리고 죄가 없는 스코티는 아무 이유 없이 죽었습니다. 이들의 만남은 그 죽음을 기억하기 때문이고, 앞으로도 기억하기 위해서입니다. 어디서 많이 보고 들었던 이야기 아닌가요?

앞서 한번 등장했던 2000년 전의 사내와 제자들의 식사가 떠오릅니다. 레오나르도 다빈치가 그린 유명한 그림도 있죠. 「최후의 만찬」. 예수는 빵을 주면서 이것이 내 살이라 하고, 포도주를 주면서 이것이 내 피라고 말합니다. 그 마지막 저녁 식사에서 예수가 남긴 가장 중요한 메시지는 '나를 기억하라'는 것입니다. 사실 성만찬, 영성체 의식뿐 아니라 모든 종류의 추모와 제사가 결국은 같은 내용이에요. 여기에 없는 누군가를 기억하는 것입니다. 우리 존재에, 우리 가정에, 우리 공동체에 난 구멍을 더듬어 보는 시간입니다. 빵이 롤빵으로, 포도주가 커피로 바뀌었을 뿐, 본질은 같습니다. 지금 이 세 사람은 자신들만의 성찬을 나누는 중입니다. 죽은 이의 살과 피는 빵과 포도주, 아니 시나몬롤빵과 커피가 되어 지금 여기 남겨진 사람들의 일부가 됩니다.

104

수업을 하는 동안 아이는 거실에서 「시크릿 쥬쥬」를 본다. 그동안은 되도록 텔레비전이나 유튜브, 넷플릭스 시청을 하루 한 시간 이내로 조절하려고 해 왔지만 지금은 그럴 수가 없다. 엄마도 없고, 어린이집에도 갈 수 없고, 심지어 문밖을 나갈 수조차 없다. 수업은 여섯 시간. 아이에겐 미안하지만 어쩔 수 없다. 나는 두 시간 26분짜리 「시크릿 쥬쥬」 시즌1 전편을 재생시키고 방문을 닫는다.

"무슨 일 있으면 꼭 문 열고 들어와야 해. 알겠지?"

은채는 텔레비전에 시선을 고정한 채, 고개를 끄덕인다.

105

앞서 설명한 두 개의 빵만으로도 이 소설은 나쁘지 않습니다. 상실과 위로, 불가해한 삶의 잔인함과 이를 쓰다듬는 뜻밖의 손길을 다룬 괜찮은 작품이라 말할 수 있을 거예요. 하지만 오랫동안 마음에 품을 이야기라기보다는, 얼마간 통속적인 이야기였다고 저는 기억했을 것 같아요. 왜냐하면 이 소설의 탁월함은 첫 번째와 두 번째 빵을 지나 세 번째 빵으로 나아가는 지점에서 생겨나기 때문입니다.

세 번째 빵은 그들이 롤빵을 먹은 이후에 주인이 갑작스럽게 내놓는 빵입니다. '검은 빵'이라고 번역됐지만 사실 이건 빵도 아니에요. 원문을 보면 '다크 로프(dark loaf),' 말 그대로 그냥 검은 덩어리거든요. 이름이 없는 빵, 메뉴에 없는 빵입니다. 이걸 자르면서 주인은 말하죠.

"이 냄새 좀 맡아 보세요. 뜯어 먹기 힘든 빵이지만, 맛은 풍부해요."

이 사람은 지금 무슨 얘기를 하는 걸까요? 뜯어 먹기 힘들지만, 맛은 풍부하다. 어쩌면 이건 인생에 관한 완벽한 메타포가 아닐까요? 생각해 보세요. 어릴 때 우리는 매일이 생일이기를 바라죠. 지금도 너무 좋은 일이 일어나면 "오늘 생일이네." 하잖아요. 인생에 대해 뭘 모를 때 우리는 우리의 삶이 초콜릿 케이크와 색색의 촛불로 가득 차 있기를 기대합니다. 매일매일 내가 주인공인 축제와 파티가 이어지기를 원하죠. 하지만 어디 그게 가능한 일인가요?

인생을 조금 더 알게 되면, 우리는 실망스러운 진실을 깨닫게 됩니다. 삶이 결국 고통에 불과하다는 것을요. 가족…… 고통. 학교…… 고통. 공부…… 고통. 친구 관계…… 고통. 연애…… 고통. 취업…… 고통. 이 글쓰기 수업도 고통이죠. 과제 해야지, 재미없는 소설 읽어야지, 기말에 긴 글까지 써야지.

그렇지 않나요? 세상 모든 게 다 고통입니다. 괴롭지 않은 건 없어요. 그래서 우리는 두 번째 빵을 찾습니다. 시나몬롤빵처럼 갓 구운 달콤하고 따뜻한 빵. 그 설탕과 온기를 찾아 헤매는 거죠. 누군가는 술에서, 누군가는 게임에서, 누군가는 음식이나 유튜브나 종교나 연애에서 그걸 찾으려 합니다. 그래야 이 지옥 같은 하루하루를 버텨 낼 수 있으니까요.

하지만 안타깝게도 그 위로는 오래가지 않습니다. 단걸 많이 먹으면 물리거든요. 롤빵으로 잠깐의 배고픔을 해결한다 해도 결국은 더 큰 허기와 갈증이 찾아옵니다. 이전보다 더 공허해지기도 하죠. 그렇다면 그다음 단계에는 무엇이 있을까요?

바로 거기에 검은 덩어리가 있습니다.

'뜯어 먹기 힘들지만, 맛은 풍부한' 인생 그 자체를 발견하게 되는 거죠. 이 단계에서는 기쁨도 슬픔도 행운도 불운도 쾌락도 고통도 모두 '있는 그대로' 받아들여집니다. 그러니까 '좋다, 싫다'가 아니라 '풍부하다'고 말할 수 있는 거예요. 희망도 절망도 없이, 그냥 사는 것입니다. 일어난 일을 두 팔 벌려 받아들이는 것입니다. 부부는 이름조차 정해지지 않은 이 빵을 먹죠. 더 이상 먹지 못할 정도로 먹습니다. 먹는다는 건 그걸 내 몸의 일부로 받아들이는 거잖아요? 이 검은 덩어리를 내 안에 받아들이는 순간 우리에게는 엄청난 변화가 일어나게 되는데, 그건 바로……

106

그 순간 문이 벌컥 열리고 아이가 들어온다. 내 의자 옆에 선 아이는 울고 있다. 나는 황급히 음 소거 버튼을 누르고 묻는다.

"왜 그래? 무슨 일 있어?"

한참 전부터 울었는지 은채의 눈두덩이 발갛게 상기되어 있다.

"무서워. 무서워. 벨라 무서워."

"벨라?"

"벨라 무서워. 무서워!"

벨라가 「시크릿 쥬쥬」에 등장하는 나쁜 마녀라는 것을 그때의 나는 알지 못한다. 대신 나는 우는 은채를 품에 안아 달래기 시작한다. 다시 마이크를 켜고, 검은 네모로만 존재하는 화면 속 학생들에게 양해를 구한다.

"미안합니다. 아이가 갑자기 울면서 들어와서요. 잠시만 기다려 주세요."

그러자 놀라운 일이 일어난다.

마치 불꽃놀이를 하는 것처럼, 어둠 속에서 스무 개의 불빛이 켜진다. 수업 내내 화면을 켜지 않았던 학생들이 화면을 켜고 자신의 얼굴을 내미는 것이다. 아이를 보기 위해, 아이에게 말하기 위해, 아이를 위로하기 위해. 안녕, 안녕, 안녕, 수업할 때는 들을 수 없었던 목소리가 노트북 밖으로 쏟아지고, 채팅창에는 하트, 스마일, 눈물, 엄지, 사탕, 기도 이모티콘들이 끝없이 줄지어 올라간다. 나는 몇 초간 멍하니 화면을 보고 있다가 정신을 차리고 아이의 귀에 대고 속삭인다.

"은채야, 저기 봐 봐."

107

아이를 내보내고 수업을 서둘러 마무리한다. 아이를 잃은 부부에게 검은 덩어리와 함께 찾아온 것은 에피파니라 불리는 깨달음의 순간이라고, 이전과 이후가 영원히 갈리는 카이로스의 시간이라고, 이제 그들에게는 슬픔과 상실과 죽음을 넘어선 새로운 페이지가 시작될 거라고, 나는 머리로 이야기한다. 하지만 내 마음은 신기루처럼 나타났다가 사라진 스무 개의 얼굴과, 그들의 다정한 목소리와, 동아줄처럼 위로 줄지어 올라가던 작고 귀여운 이모티콘들에 가 있다. 그걸 생각하니 말하면서 자꾸 목이 메인다.

"……그러니까 말하자면 이 소설은 카버라는 무뚝뚝한 빵집 주인이, 인생에서 무언가를 잃고 넘어지고 상처받은 우리에게 건네는 조그마한 시나몬롤빵인지도 몰라요. 카버는 한국어 '소설'의 의미를 알았을 리 없지만, 원래 소설이라는 게 그런 거잖아요? 꾸민 말. 작은 이야기. 보잘것없는 속설. 어스몰, 굿 싱.

각자의 삶에서 어떤 고통, 어떤 재난, 어떤 비극과 맞서 싸우고 있는 우리는 이 따뜻한 시나몬롤빵을 먹고 다시 삶으로 돌아가 자신 앞에 놓인, 인생이라는 이름의 검은 덩어리를 먹습니다. 이 소설의 제목이 '검은 빵'이 아닌 것은 어쩌면 그래서인지도 모르겠어요. 진짜 삶은 소설 '바깥에' 존재하기 마련이니까요. 카버가 보여 준 검은 덩어리는 결코 종이 위에 있지 않습니다. 내 검은 빵은 페이지 바깥에, 책을 덮고 난 다음에 비로소 존재하고 또 찾아올 거예요."

수업을 마치고 거실로 나가자 아이가 없다. 여전히 재생 중인 「시크릿 쥬쥬」에서는 은채가 말했던 나쁜 마녀 벨라와 쥬쥬 친구들이 싸우고 있다. 나쁜 마법은 언제나 착한 마음을 이길 수 없어! 쥬쥬가 벨라를 향해 소리치는 동안 나는 은채를 찾아 돌아다닌다. 아이는 형광등이 환하게 켜진 안방 침대에 잠들어 있다. 울다 잠들었는지 눈가에 하얀 자국이 남았다. 인기척 때문에 아이가 몸을 뒤척거린다. 나는 일어나 불을 끄고 조용히 아이 곁에 앉아 노래를 부르기 시작한다. 엄마가 섬 그늘에 굴 따러 가면. 아기가 혼자 남아 집을 보다가. 바다가 불러 주는 자장 노래에. 팔 베고 스르르르 잠이 듭니다. 팔 베고 스르르르 잠이 듭니다. 팔 베고 스르르르 잠이 듭니다. 팔 베고 스르르르…….

108

은채와 둘이서 격리 생활을 시작한 지도 열흘이 되어 간다. 둘만 남으면 먹는 것과 노는 것, 일하고 수업하는 것을 어떻게 해야 하나 걱정했는데, 오히려 가장 어려운 것은 아이의 마음을 돌보는 일이다. 멀쩡해 보였던 아이는 점점 더 기력이 없고 눈물이 많아진다. 어느 밤에는 엄마가 보고 싶다며 울음을 멈추지 않는 바람에 진을 빼기도 하고, 어느 밤에는 자신을 안아서 재워 달라는 말에 아이를 안고 앉은 상태로 벽에 기대 밤을 지새기도 한다. 생활 치료 센터로 지정된 병원에 이송되었던 은혜 역시 열과 기침으로 힘들기는 마찬가지다. 다인실에서 하루하루 바뀌는 새로운 사람들과 지내다 보니 연락도 쉽지 않다. 매일 저녁 페이스타임으로 짧게 안부를 묻고 인사를 나누는 게 전부다. 은채는 하루 종일 엄마를 보고 싶어 하다가도 정작 영상통화를 시작하면 말이 없어진다.

"좋은 소식이 있어."

은혜가 말한다.

"어제부터 증상도 호전되고 수치도 좋아져서, 빠르면 내일 나갈 수도 있을 것 같아."

나는 눈앞에서 사라진 은채를 쫓다가 은혜의 말을 제대로 듣지 못한다.

"응?"

"내일 집에 갈 수도 있다고."

분명히 기쁜데 뭐라고 표현할 수가 없다. 전화기를 들고 은채를 찾아 방으로 들어간다.

"은채야, 엄마 내일 올 수도 있대!"

아이가 침대에 누워서 초점 없는 눈으로 나를 바라본다. 형광등 불빛 아래서 보니 입술이 바짝 말라 있고, 얼굴은 발갛게 달아올라 있다. 자세히 보니 입 근처에는 발진 같은 것이 생겼다.

"잠깐만."

나는 은혜에게 말하고 거실로 다시 나가 온도계를 들고 들어온다. 아이에 귀에 온도계를 넣고 버튼을 누르자 몇 초 후에 붉은 등이 뜬다.

"몇 도야?"

은혜가 묻는다. 온도계는 화면 바깥에 있어 보이지 않는다. 잠깐 동안 나는 위험한 진실과 안전한 거짓 중에 무엇을 택해야 할지 망설인다. 36.7도라고 말하면 적어도 오늘 밤은 은혜가 안녕하게 잠들 수 있을 것이다. 그러나 초콜릿 케이크와 롤빵이 우리를 구원할 수 있을까?

"39.4도."

나는 검은 빵을 택한다.

10

합평

109

합평이란 말 다들 들어 봤나요?

합평이 뭐죠? 아는 사람 있으면 말해 볼까요?

네, 저기 뒤에 앉은 학생. 말씀하세요.

맞습니다. '다른 사람의 글을 읽고 의견을 말하는 것.' 또 있나요?

'글의 장점과 단점에 대해 토론하는 시간.' 네, 그것도 맞아요. 또 다른 의견?

아, '우리 수업에서 가장 중요한 것.' 그것도 맞는 말이네요. 글쓰기 수업의 최종 목표는 글을 쓰고, 그 글을 더 좋은 글로

만드는 것이니까요. 말하자면 합평은 우리 수업의 하이라이트이자 절정, 클라이맥스, 기승전결의 전과 결이라고도 할 수 있겠죠. 좋은 의견입니다. 다음 주부터 바로 이 합평을 시작할 거예요.

여러분이 정답을 이야기해 주었으니, 저도 제 생각을 말해 볼까요.

합평이란……

상대방의 영혼에 지울 수 없는 상처를 주는 시간입니다.

110

은혜가 돌아오던 날 은채는 확진되었다. 그 전날 두 번째 PCR 검사에서 나와 은채를 맞아 준 새로운 검사관은 지난번과 달리 다정하지 않았고, 은채는 어른과 똑같은 방식으로 검사를 하다가 코피가 났다. 아이가 놀라 자지러지게 우는 바람에 검사는 지체되고 반복되었다. 다음 날 아침에는 문자 대신 전화가 걸려왔고 보건소 담당자는 문은채 씨가 확진되었다고 말해 주었다. 나는 음성이었다.

은혜는 퇴소하자마자 집에 있는 새로운 확진자를 돌봐야 했고, 나는 내 방에서 두 번째 자가 격리를 시작했다. 은혜가 없는 열흘 동안 아이와 함께 먹고 마시고 씻기고 잤으니, 처음에는 나도 금방 증상이 나타나고 확진이 될 거라고 생각했다. 차라리 그게 마음 편할 것 같았다. 그러나 시간이 흘러도 뚜렷한 증상은 생기지 않았고, 가뜩이나 좁은 집에서 더 좁은 방에만 갇혀 있으니 미칠 듯했다. 물론 문밖에서는 또 다른 전투가 벌어지고 있었다. 은혜의 기침은 사라지지 않았고, 여전히 후각과 미각은 마비된 상태였다. 은채의 열과 발진도 점점 심해졌다. 우리는 시시각각 짧은 메시지와 통화를 주고받았지만, 나중에는 서로의 기척과 소리만으로도 서로의 안부를 알 수 있었다.

사실 그즈음 나는 소설 쓰기를 그만둬야겠다고 생각하고 있었다. 두 권의 책을 냈지만 아무도 관심을 주지 않는다면, 세 번째 책이라고 해서 뭐가 다르겠는가? 어느 출판사가 적자를 무릅쓰고 가망 없는 작가의 책을 내 줄까? 현실적으로 나에게 글쓰기는 사치스러운 악취미에 불과했다. 게다가 이제는 혼자가 아니라 셋이고, 그렇다면 말 그대로 '현실감각'을 가질 필요가 있었다. 스무 살 즈음 처음 작가가 되겠다고 말했을 때 아버지가 했던 말이 새삼스럽게 떠올랐다.

―그래, 그럼 직업은 뭘 가질 거냐?

그 말은 앞뒤가 맞지 않는 말이 아니었다. 아버지는 작가가 직업이 될 수 없다는 것을 알고 있었고, 당시 내 순진한 선언에 빠져 있던 무엇을 정확하게 지적해 낸 것이다. 현실감각. 그리고 나의 현실감각은 이제서야 뒤늦게 고백하고 있었다. 너는 가망 없어. 이제 그만해. 제발.

격리 첫날 밤 나는 전날 인터넷에서 급하게 주문한, 군대에서 쓰던 것과 비슷한 1인용 매트리스를 좁은 방에 펼치고 누워 스스로에게 물었다.

Q: 예술가로 성공하기 위해 필요한 것은 무엇인가?

A: 운과 재능과 실력이다.

Q: 너는 그중 무엇을 가지고 있나?

A: 안타깝게도 셋 다 아니다.

Q: 앞으로 글을 쓰는 것이 너와 네 가족에게 어떤 의미가 있나?

A: ……아무 의미도 없다. 나를 포함한 모두에게 고통을 준다는 것만 빼면.

그런 결론에 이르자 갑자기 분노가 솟아오르면서 눈물이 찔끔 나려고 했다. 누구를 향한 분노인지, 무엇을 위한 눈물이었는지는 모르겠다. 그냥 막연하게, 세상과 책과 문학과 문단과 출판사와 편집자와 악플러와…… 그리고 나, 바로 나, 나 자신 때문이었던 것 같다. 잠이 싹 달아났고, 나는 일어나

매트리스를 접고 다시 책상 앞에 앉아 노트북을 열었다. 무언가 쓰지 않으면 견디지 못할 것 같았다.

그래, 그만두는 마당에 못 쓸 이야기가 어디 있겠는가? 「체이싱 유」 같은 함량 미달의 SF도, 「호랑이와의 하룻밤」 같은 어쭙잖은 문단 문학도 아닌 글을 쓰자. 아니, 그냥 내 이야기를 쓰자. 나를 쓰자.

나는 새 문서를 클릭하고, 마음 내키는 대로 문장들을 타이핑하기 시작했다.

2012년 여름에 나는 몇 가지 중요한 변화를 겪었다. 미국에서 두 번째 대학원을 졸업했고, 새 직장을 얻었으며, 7년 사귄 여자 친구와 헤어졌고, 방이 하나인 집으로 이사를 했다. 하나하나의 변화가 다 감당하기에는 너무 커서 어리둥절한 순간이 많았지만 그러는 동안에도 시간은 천천히, 그러나 세금처럼 확실하게 흘렀다. 내일, 또 내일, 또 내일……

111

우리는 총 24일을 격리하고 해제되었다. 그간 일어났던 몇 가지 일들을 기록해 둔다.

1. 은채는 사흘 동안 고열에 시달리다 나흘째 되는 날부터 갑자기 멀쩡해졌다. 열도 내려가고, 발진도 사라지고, 컨디션도 회복되었다. 다만 놀이터에 나가서 놀지 못하는 것과 친구들을 만날 수 없다는 것 때문에 하루에 두 번씩은 울었다.

2. 은혜의 후각과 미각은 끝까지 돌아오지 않았다. 지금 이 글을 쓰고 있는 시점, 몇 달이 지난 후에도 아직 완전하지는 않다. 기침은 격리 해제 후에도 한 달 정도 지속되었다.

3. 은혜가 어디서 코로나에 감염되었는지는 끝까지 알아내지 못했다. 은혜 주위에는 확진자도 없었고, 밀접접촉자가 된 적도 없었으며, 백신도 2차까지 모두 맞은 상태였다. 은혜에게 옮긴 사람도, 옮은 사람도 없어 학교에서 유일한 델타 감염자였다. 은혜는 말했다. "그냥 하늘에서 떨어진 것 같아."

4. 나는 방에 격리된 열흘간의 2차 자가 격리 기간 동안 500매짜리 소설의 초고를 완성했다. 유학 시절 내 이야기를 담은 자전적 소설이었다. 다 쓰고 나서 '초급 한국어'라는 제목을 붙였는데, 내가 원고를 보여 주자 은혜는 콜록거리며 물었다. "근데 너무 한국어 교재 같지 않아?"

5. 우리 소식을 듣고 많은 사람들이 집 앞에 무언가를 두고 갔다. 어린이집 선생님은 교재와 간식을, 아버지는 빵과 커피를, 은혜의 동료 교사는 물과 휴지를, 지혜는 냉동식품과 김치를 놓고 갔다. 은채 친구들도 편지와 과자를 두고 갔다.

어느 편지에서 은채의 단짝 친구 이온이는 이렇게 썼다.

은채야 얼른 낳아서 보자 놀이터에서 기다릴깨♡

6. 최종 격리해제를 위해 나는 격리 마지막 날 혼자 보건소에 갔다. 매주 한 번씩 한 달 내내 PCR 검사를 한 셈이었는데도 뇌까지 밀고 들어오는 면봉은 도무지 익숙해지지 않았다. 주차장으로 돌아오는 길에 슬쩍 바라본 놀이터에는 노란 고양이가 그네 위에 올라가 있었다. (왜?)

7. 나는 음성이었다. 모든 것이 끝날 때까지. (……대체 왜?)

112

스무 명의 학생들을 다섯 개 조로 나누어 합평을 진행한다. 나는 조를 바꾸어 가며 참여해서 학생들의 의견을 듣고 내 의견을 더한다. 대면 수업을 할 때는 말이 없고 비대면 수업을 할 때는 화면을 꺼 놓고 있던 학생들이 놀랍게도 합평 시간이 되자 적극적으로 나서서 의견을 개진한다. 낯선 풍경이다. 나는 말을 줄이고 학생들의 의견에 귀를 기울인다. 음소거되지 않은 그들의 목소리는 서로 다른 리듬과 멜로디를 지닌 음악처럼 들린다.

다른 조를 찾아가기 위해 교실을 둘러보다가, 나는 익숙한 교실이 낯설게 느껴지는 또 하나의 이유를 발견한다.

무영.

언제부턴가 그의 모습이 보이지 않는다.

113

오랜만에 페이스북에 출판사 편집장의 글이 올라왔다.

— 작년 가을 저희 출판사가 펴낸 책 「호랑이와의 하룻밤」이 올해 문학나눔 도서로 선정되었습니다! 오늘은 고기 먹는 날!

예상하지 못한 소식이었기에 기쁜 마음이 든 것과 동시에, 왜 내가 이걸 페이스북에서 봐야 하지? 하는 생각이 들었다. 무명이지만 그래도 내가 작가인데, 쓴 사람에게는 먼저 알려 줘야 하는 것 아닌가? 하룻밤 고민하다가 다음 날 오후 편집장에게 전화를 걸었다.

"작가님, 소식 들으셨죠? 경사났어요. 축하드립니다!"

통화가 연결되자마자 편집장은 큰 소리로 거의 소리를 질렀다. 나는 그의 말이 끝나기를 기다렸다가 물었다.

"편집장님, 그럼 인세는 어떻게 되는지 알려 주실 수 있나요? 이제까지의 판매 부수와 새로 찍는 부수도 알고 싶고요."

갑자기 정적이 흘렀다. 요란했던 방금 전과는 전혀 다른 온도였다. 한참 뒤에야 편집장은 차분해진 목소리로 말했다.

"작가님, 저희도 요즘 너무 힘들어요. 좀 살려 주세요."

전화를 끊으며 나는 이상한 기분이 들었다. 내가 이 사람을 죽이고 있었나? 책의 판매 부수, 작가에게 줄 인세는 대체 어떤 종류의 기밀이길래 말해 줄 수 없는 걸까? 무명에 무면허인 나는 이제 급기야 살인자까지 되어 버린 걸까? 언젠가 엘리베이터 앞에서 90도로 허리를 숙이던 그의 모습이 떠올랐다. 그때 내가 보지 못했던, 땅을 향하고 있던 그의 진짜 얼굴도.

114

『홀리는 이야기는 어떻게 쓰는가』를 쓴 낸시 O. 스미스는 합평에 관해 이렇게 말합니다.

합평이란 지나가는 사람에게 기관총을 하나 쥐여 주고 이렇게 말하는 거예요. "있잖아요, 저기 놀이터에 우리집 아이들이 놀고 있으니 가서 이 총으로 좀 쏴 주세요." 진짜 무서운 게 뭔지 아세요? 그 사람은 총을 들고 가서 정말로 아이들을 쏴 버린다는거죠. 자기 일 아니니까요.

『유혹하는 글쓰기』에서 스티븐 킹은 이렇게 말하기도 하죠.

결국 굴 껍질에 스며든 모래알이 진주를 만드는 것이지, 다른 굴들과 모여 진주 만들기 워크숍을 연다고 진주가 생기는 게 아니다.

어떤가요. 합평은 정말로 무섭거나, 아니면 쓸데없는 일일까요?

저는 이렇게 말하고 싶어요.

"우리는 모두 우리 자신의 글과 연결되어 있다. 합평을 통해 우리는 그 정신적 탯줄을 잘라야만 한다. 그 과정이 아무리 고통스러울지라도."

……자, 이제 합평을 시작합시다.

115

2017년 8월 5일 토요일 8시 35분, 눈앞의 '내일과 소망'이 양쪽으로 갈라지고 간호사가 갈라진 목소리로 나를 부르던 순간으로 돌아간다. 수술복처럼 생긴 보호자용 가운을 입고 안으로 들어가면 간호사들이 뭔가를 닦아 내고 있다. 저기 조그맣게, 그러나 누구보다 크게 울부짖고 있는 생명체가 방금 아내의 배 속에서 빠져나온 내 아이라는 것을 나는 알아

챈다.

"탯줄 자르세요."

흰 천으로 아이 몸에 묻은 피와 이물질을 닦아 내던 간호사가 나에게 뭔가를 건넨다. 가위. 나는 그가 건네준 가위를 보며 잠시 머뭇거린다. 이렇게 작은 걸 준다고? 눈썹이나 코털을 정리하면 딱 어울릴 것을? 간호사가 지친 목소리로 재촉한다.

"어서요."

나는 지나치게 작은 가위를 들고 아이의 탯줄을 자르려 시도한다. 탯줄을 본 건 당연히 처음이다. 그 전까지 나는 탯줄의 지름이나 굵기를 한 번도 상상해 본 적이 없다. 누가 그러겠는가? 막연히 빨대 정도 되지 않을까 생각했던 탯줄은 예상보다 훨씬 더 크고 굵다. 가위질을 한 번 하자 피가 울컥 흘러나온다. 나는 멈칫한다.

"어서."

간호사의 목소리는 이제 거의 애원처럼 들린다. 나는 갑자기 전원이 들어온 잔디깎이 기계처럼 가위를 빠르게 움직인다. 마침내 탯줄이 잘리고, 간호사가 손바닥을 내민다. 손가락에서 빠지지 않는 가위를 겨우 꺼내 그 위에 올려놓는다.

수술실을 빠져나오며 나는 합평 시간마다 내가 했던 말을 떠올린다. "우리는 이 정신적 탯줄을 잘라야만 합니다. 그 과정이 아무리 고통스러울지라도." 그리고 깨닫는다. 나는 아무것도 몰랐다는 것을. 나에겐 그럴 자격이 없었다는 것을.

116

눈앞에는 『호랑이와의 하룻밤』에 달린 새로운 100자 평이 올라와 있다.

— 세 사람이 같이 가면 거기엔 반드시 배울 점이 있다. 그러나 이 소설에는 아무것도 없다.

악플의 주인공은 내 책에 별 하나를 남겼다. 0개를 줄 수 없었기 때문일까? 합평은 끝나지 않는다. 합평은 어디에나 있고, 언제까지나 있다. 내가 쓰는 한. 내가 책을 내는 한. 인터넷이 사라지지 않는 한. 그리고 정신적 탯줄은 여간해서 잘리지 않는다.

5년 전 내가 탯줄을 자른, 이제 더 이상 자신의 작가와 탯줄로 연결되어 있지 않은 어린이가 불쑥 내 곁으로 다가와 빨간색 카드를 내민다.

"아빠, 이온이한테 편지 썼어요."

나는 겉면에 "Merry Christmas!"라고 적힌 카드를 펼쳐 아이가 쓴 삐뚤빼뚤한 글씨를 읽는다.

이온아, 나 자가경이 끝났어♡

— 은채 올림

117

그날 밤 나는 이메일을 쓴다.

안녕하세요,

원고지 500매가량의 장편소설을 투고합니다.
간략한 시놉시스와 원고를 첨부했습니다.
살펴봐 주시면 감사하겠습니다.
고맙습니다.

문지혁 드림

11

작품집 만들기

118

합평이 끝나면 학생들은 합평에서 얻은 피드백을 바탕으로 각자 퇴고를 시작한다. 성적 입력 기한에 따라 달라지기는 하지만 데드라인은 대체로 수업 종강 일주일 후다. 퇴고를 마친 최종 원고를 나에게 이메일로 보내면 비로소 수업이 끝난다. 방학 중에는 수업에서 쓴 글들을 모아 작품집을 펴낸다. 자원하여 나선 학생들이 직접 편집위원이 되어 교정과 교열을 보고 내지 디자인을 하고 표지를 만든다. 물론 작품집 제목도 학생들의 의견과 투표로 정해진다. 완성된 작품집은 PDF 형태로 공유하는 것이 일반적이지만, 학기에 따라 인쇄, 제본까지 하는 경우도 있다. 후기를 대신하여 나는 작품집 맨 뒤에 짧은 글을 하나 써서 싣는다. 이번 학기에 나는 버스에 관한 글을 썼다.

터미널에서

리처드 브라우티건의 짧은 소설 「그레이하운드의 비극」에서 여자는 배우가 되기를 꿈꿉니다. 영화는 그녀의 종교였고, 그녀는 마치 교회에 가듯 팝콘 한 봉지를 들고 극장에 가곤 했지요. 오리건주에 사는 그녀가 배우가 되기 위해서는 저 멀리 할리우드에 가야 했습니다. 그녀는 여러 달 동안 할리우드까지 가는 차비를 알아보기 위해 고속버스 터미널에 가는 생각을 했습니다.

이후 여러 번의 기회가 있었지만 여자는 버스터미널에 가지 못했습니다. 한번은 스스로 발길을 돌렸고, 또 한번은 어머니 때문이었습니다. 그러는 동안 포드 자동차 세일즈맨이 세 번이나 그녀에게 청혼했는데, 그녀는 버스터미널에 가서 할리우드까지 가는 차비를 알아봐야 했기 때문에 모두 거절했습니다.

마침내 9월의 어느 따뜻한 날 황혼 무렵, 그녀는 설거지를 마치고 홀연히 집을 떠나 버스터미널로 향했습니다. 그리고 자신이 1938년 3월 10일부터 1938년 9월 2일까지 할리우드로 가는 버스비가 얼마일지에 대해서만 생각하며 지냈다는 사실을 깨달았습니다. 막상 도착해 보니 터미널은 황량하고 무심한 곳이었습니다. 아무도 그녀에게 관심을 주지 않았죠. 그녀는 얼굴이 붉어지고 초조해졌습니다. 이방인이 된 것만 같았습니다. 도착이 늦어지는 누군가를 기다리는 사람처럼 그녀는 계속해서 다음 버스만을 기다리는 척했습니다.

끝내 차비를 물어볼 용기를 내지 못한 그녀는 집으로 돌아왔습니다. 발이 땅에 닿을 때마다 죽고 싶어 울었습니다. 그리고 네 번째 청혼을 한 젊은 포드 세일즈맨과 결혼해서 진과 루돌프라고 이름 붙인 두 아이의 엄마가 되었습니다. 그러나 31년이 지난 후에도, 버스터미널을 지나갈 때면 그녀는 여전히 얼굴이 붉어졌습니다.

한 학기 동안 우리는 버스터미널 대합실에 모여 앉아 이런저런 이야기를 나누었습니다. 각자의 목적지로 향하는 버스를 기다렸습니다. 그사이 해가 지고 황혼이 찾아왔습니다.

이제, 버스를 탑시다. 차비는 없습니다.

119

종강하던 날, 출석부를 제출하기 위해 과 사무실에 들렀는데 조교가 뜻밖의 말을 했다.

"학과장님이 잠깐 보자고 하세요."

노크를 하고 학과장실에 들어가자 책상에 앉아 있던 A 선생이 안경을 고쳐 쓰며 일어났다.

"거기, 편하게 앉아요."

소파에 앉자 A 선생은 작은 쇼핑백을 하나 들고 와서 커피 테이블 위에 올렸다. 조교가 들어와 김이 솟아오르는 종이컵 두 잔을 그 옆에 내려놓았다.

"애가 아직 어리다고 그랬죠? 맘에 들까 모르겠네."

쇼핑백 가운데에는 귀여운 그림체의 고양이가 한 마리 그려져 있고, 그 위에 아치형으로 둥글게 'Yellow Cat'이라는 글씨가 금박으로 새겨져 있었다.

"고맙습니다."

"뭐, 이거 주려고 부른 건 아니고. 실은 학교 차원에서 우리 과에 변동이 좀 생기게 됐어요. 우리 학교만 그런 건 아니지만, 국문과 취업률이 워낙 처참해야지. 학교에서도 이걸 없앨 수도 없고, 유지할 수도 없고 해서 고민이 많았어요."

어디서 본 것 같은 기시감. 나는 종이컵을 들어 입에 가져다 댔다. 달콤하고 쌉싸름한 믹스커피의 맛이 혀끝에서 맴돌았다.

"다음 학기부터 우리 과 이름이 바뀌어요. 학부로 통합을 하게 된 거지. 이름이 좀 긴데. 뭐였더라, 아, 디지털 스토리텔링 융합콘텐츠 학부. 대학에서 간판 바꿔 다는 거야 흔한 일인데, 문제는 글쓰기 수업이 없어지게 됐어요. 죄다 스토리텔링 수업으로 바꾸라지 뭐야."

두 번째라서 그랬을까? 이번에 나는 조금 더 빠르고 수월하게 A 선생의 말을 이해했다. 이번이 마지막 학기였다는 것을 종강 날에 알게 되다니. 학생들에게 마지막 인사라도 더 정성껏 남겨야 했다는 후회가 들었다. A 선생이 원망스럽지는 않았다. 도리어 직접 불러서 이렇게 말을 해 주고, 선물까지 준비했다는 사실이 고맙게 느껴졌다.

"그동안 감사했습니다. 가 보겠습니다."

그녀도 나도 크게 의미를 두지 않을 가벼운 안부를 주고 받다가, 마침내 종이컵 바닥에 갈색 동그라미만 남았을 때 나는 일어섰다. A 선생은 문까지 따라와 나를 배웅했다. 허리를 숙여 인사하고 돌아서려는데 선생이 내 팔을 붙잡으며 말했다.

"이제 스토리텔링 같은 걸 가르치세요. 그게 전망이 있어."

서울에 올라와 은혜에게 A 선생 이야기를 하며 선물을 내밀었더니, 은혜가 말했다.

"그래도 감사하네. 신경도 써 주시고."

선물 포장된 상자 속에는 유아용 신발이 들어 있었다.

"조금 작아 보이는데."

내가 말했다. 은혜는 그러게, 하며 사이즈를 살폈다.

"몇이야?"

"120."

"지금 은채 사이즈는……."

"이제 170 신지."

은혜는 신발과 포장지를 다시 접어 상자에 넣으며 웃었다.

"마음만 받아야지 뭐. 그거 뭐지? 헤밍웨이가 썼다는 단어 몇 개 짜리 소설?"

나는 핸드폰을 찾아 구글에 검색어를 입력했다. Hemingway's shortest short story. 그러자 첫 줄에 여섯 단어짜리 소설이 떴다.

For sale: baby shoes. Never worn.

"팝니다. 아기 신발. 한 번도 신지 않음."

"맞아, 그거."

"근데 헤밍웨이가 쓴 거 아니래. 출처가 불명확하다는데."

"그래?"

은혜는 쇼핑백을 한쪽으로 치우고 소파에 앉았다. 나는 텔레비전을 켰다. 뉴스에서는 한동안 코로나 오미크론 변이에 관한 소식들이 이어졌다.

"난 어제부터 왜 이렇게 추운지 몰라."

은혜가 말했다.

121

F를 주기 전에 학생에게 연락하는 일은 늘 조심스럽다. 동료 선생님들 말을 들어 보면 나는 조금 이상한 편에 속했다. 연락 같은 걸 왜 하냐는 것이다. 일을 왜 어렵게 해. 원칙대로 하면 되는 거지. 문 선생이 그런다고 학생들이 알아줄 것 같아? 처음에는 다른 선생님들의 태도가 기계적인 매너리즘 같다고 느꼈다. 반발심도 있었다. 어떻게 그렇게 쉬워? 해 볼 수 있는 데까지는 해 봐야지. 한 사람 인생이 달린 일인데. 하지만 시간이 흐르고 사례를 겪을수록 증명되는 건 그들의 조언이 맞는다는 사실뿐이었다. 쓸데없는 일을 하고 결국 혼자 스트레스를 받는 건 나였다. 바보도 이런 바보가 없었다.

대표적인 몇 가지 사례:

1) 누구세요?

   ☞ 이건 기본이다. 열에 일곱은 이렇게 말하고, 셋은 전화 자체를 안 받는다.

2) 제 번호 어떻게 아셨어요?

   ☞ 신경질적인 반응을 보이는 학생도 있다. 학생이 스스로 학교 시스템에 등록한 번호로 걸었을 뿐이지만, 이럴 때 나는 스토커가 된 기분이다.

3) 죄송합니다, 선생님. 전화 끊자마자 바로 제출할게요.

   ☞ 정상적인 반응이고 들을 때는 다행스러운 말이지만, 결과적으로 대부분의 학생은 이것을 마지막으로 진짜 연락이 끊긴다. 바로 제출할 학생이라면 여기까지 오지도 않는다는 걸 뒤늦게 깨닫는 쪽은 언제나 나다.

4) 지금 좀 바쁘니까 짧게 얘기해 주세요.

   ☞ 종종 잡상인 취급을 받기도 한다. 스토커와 잡상인 중에 고르라면 어느 쪽을 골라야 할까?

5) 그동안 아팠어요/ 헤어졌어요/ 사정이 있었습니다/ 할머니가 돌아가셨어요/ 마음의 병이 있습니다.

   ☞ 어디까지가 진실인지를 가늠할 수 없는, 그러나 더 밀어붙이기에는 내가 나쁜 사람이 되고 마는 대답

들. 피치 못할 개인적 사정 앞에서 기말 과제를 제출하라고 재촉하는 비인간적인 선생이 되고 싶지는 않다. 어디서부터 잘못된 것일까?

마지막 수업에서 F를, 더군다나 무영에게 주고 싶지 않지만, 결석 횟수가 수업 주수의 4분의 1을 넘어가면 나로서도 방법이 없다. '스마트 출결' 덕분에 출결 사항은 시스템에 기록되고, 각각의 결석들이 유고 결석으로 인정되지 않는 이상 F를 피할 방법은 없다. 하지만 나는 그의 사정을 듣고 싶다. 피치 못할 이유가 있는지 알고 싶다. 잡상인이나 스토커로 오해받는 것보다 그의 진실이 더 중요하다. 이번이 마지막이기 때문에 더 그렇다.

나는 학교 이클래스에서 무영의 번호를 찾아 누른다.

"여보세요?"

낮고 어두운 목소리가 전화를 받는다. 순간 긴장한다. 이 번호가 맞나?

"혹시 이무영 학생 전화 아닌가요?"

전화기 저쪽의 목소리가 답이 없다. 기계 돌아가는 소리 같은 것이 증폭되어 들린다. 일단 내가 해야 할 말을 계속한다.

"저는 무영 씨가 대학에서 듣고 있는 수업 강사인데요. 성적 문제로 연락드렸습니다. 결석이 많아 이대로는……"

"잘못 거셨습니다."

목소리가 말한다. 전화가 끊긴다.

122

사라진 무영의 행방을 그려 본다.

그는 어디론가 떠났을까? 학교를 그만두었을까? 휴학? 자퇴? 친구를 시켜 대신 받게 했을까? 사고를 당하거나 자살했을까? 혹 외국이나 감옥에 갔을까? ……아니면 그저 전화번호를 바꾸었을 뿐일까?

알 수 없었다.

과제를 정리하고 나니 그가 제출한 것은 하나도 없었다. 글쓰기 수업을 들었지만, 그는 아무것도 쓰지 않은 셈이다. 남은 것은 그가 준 한 권의 책 뿐이었다.

비록 처음에는 무서워했지만, 『난 곰인 채로 있고 싶은데…』는 요 근래 은채가 가장 사랑하는 책이 되었다. 그 말은 곧 내가 매일 밤마다 그 책을 적어도 세 번 이상 읽어야 한다는 뜻이었다. 같은 책을 반복해서 읽으며 나는 그가 나에게 건넨 이 동화책이 실은 일종의 자기소개서였다는 것을 깨닫는다. 나는 그에게 누구였을까? 공장 감독? 인사과장? 전무?

사장? 사육장 속 곰? 기러기 떼?

내가 소파에서 은채에게 책을 읽어 주는 동안 은혜는 마스크를 쓴 채 부엌 아일랜드 식탁에 앉아 노트북으로 밀린 행정 업무를 처리하고 있다.

은혜는 몸살 기운이 오미크론 변이 때문이 아닌가 의심한다. 나는 춥다는 말에 일종의 트라우마가 생겼기 때문에 더한 걱정을 한다. 결국 은혜는 다음 날 익숙한 보건소에서 다시 PCR 검사를 하고, 이번에는 문자로 소식을 받는다. 음성. 은혜는 그 두 글자가 올해의 크리스마스 선물이라며 기뻐한다. 나는 이제 은혜도 다시 은채에게 동화책을 읽어 줄 수 있게 되었다는 사실이 기쁘다.

12월 26일, 크리스마스와 성적 입력을 모두 마치자 한 해가 끝난 기분이 든다. 성급한 마음으로 거실에서 2021년 달력을 떼어 내고 새로 산 2022년 달력을 거는데, 옆에서 구경하던 은채가 묻는다.

"그럼 아빠는 이제 몇 살이야?"

"만으로 마흔두 살이지."

"그럼 내가 언니네."

"왜?"

"난 여섯 살이니까."

"아빠는 마흔두 살이라니까."

"그래. 마음 두 살."

"아니⋯⋯."

은채는 씩 웃으며 덧붙인다.

"그니까 아빠는 애기야."

123

집 앞 도로에서 버스를 기다린다.

오늘은 은채 어린이집에서 근교 눈썰매장으로 특별 야외 활동을 다녀오는 날이다. 걸어 다니기만 하던 아이가 어느새 버스를 타고 여기저기 다니게 되었다는 사실이 낯설다. 이제 아이는 내가 모르는 곳에서 내가 모르는 이들과 내가 모르는 시간을 보내는 데 점점 더 익숙해지고 있다. 두꺼운 패딩을 입었는데도 매서운 바람이 옷 속으로 파고든다. 아이들은 춥지 않았을까? 갑자기 은채가 아침에 두꺼운 분홍색 패딩을 입었는지, 얇은 연두색 점퍼를 입었는지 기억이 나지 않아 불안해진다.

사거리 한쪽에서 노란색 버스가 나타난다. 다른 유치원 차를 빌렸는지 버스 앞에는 '평화 유치원'이라는 글씨가 검은색으로 적혀 있다. 그때 핸드폰이 울려 확인해 보니, 알림 화면 속에서 이메일 앞부분이 눈에 들어온다.

　─문지혁 선생님 안녕하세요. 저희 편집부에 소중한 원고 보내 주셔서 감사합니다. 보내 주신 원고……

　누를까 말까 주저하는 사이 알림은 야속하게 위로 사라져 버린다. 확인할까? 시간이 될까? 그사이 버스가 천천히 속도를 줄인다. 나는 잠시 망설이다가 핸드폰을 주머니에 넣고 멈춰 서는 버스를 향해 빠르게 걷는다. 곧 문이 열리고 선생님의 손을 잡은 은채가 땅에 발을 내딛는다. 주위를 두리번거리다가 나를 발견한 은채는 아빠! 하고 소리치며 뛰기 시작한다. 나에게 달려오는 몇 초의 시간 동안 분홍색 롱 패딩을 입은 아이는 여섯 살이었다가, 열세 살이었다가, 스물한 살이었다가, 서른다섯 살이었다가, 마침내 마흔두 살이 된다. 나는 언젠가의 엄마처럼 두 팔을 벌려 은채를 안는다. 아이 머리 끝에서 나는 고소한 냄새가 코끝을 간지럽힌다.

　"오늘 재미있었어?"

　"응!"

　"얼만큼?"

　"펑펑만큼!"

　"……펑펑이 뭐야?"

　내가 묻자 은채는 장난스러운 표정을 짓더니 내 손을 놓고 달리기 시작한다. 뛰지 마! 넘어져! 외치며 쫓아가는데 핸드폰이 다시 울린다. 이번에는 은혜다.

"있잖아, 나도 믿기지는 않는데……."

은혜의 떨리는 목소리 속에서 나는 알게 된다. 우리가 셋에서 넷이 되었다는 사실을. 은혜의 몸속에는 오미크론이 아니라 또 다른 생명이 들어와 있었다는 것을. 어긋난 퍼즐이 맞춰지고 과거가 다른 모습으로 조립된다. 갑자기 심장이 쿵쿵거리기 시작한다. 순간적으로 눈앞에 아이가 보이지 않아 황급히 주위를 둘러본다. 저 멀리 아파트 입구 쪽에서 분홍색 삼각형이 나에게 손을 흔들고 있다.

"아빠! 핑핑은 아빠야!"

은채를 향해 가는 내 걸음이 점점 빨라진다. 아이는 다시 뒤돌아 뛴다. 나도 덩달아 뛰기 시작한다. 머릿속이 복잡하고 감각은 멍하지만 두 다리를 움직여 달리는 지금 이 순간 나는 오직 두 가지를 알고 있다. 또 하나의 수업이 끝났고, 이제 나에겐 새로운 단어가 생겼다는 것을.

작가의 말
— 러브레터를 대신하여

윤희에게

언젠가 이 책이 너희에게 도착하겠지.

지금은 2023년 1월 21일 오후 6시. 나는 집 근처 스타벅스에서 이 글을 쓰고 있어. 우연의 일치인지는 모르지만 오늘은 내 생일이기도 해. 마흔세 번째 생일. 마음은 아직도 아이 같은데, 어느새 세상에 나온 지 이렇게나 되었네.

채윤아, 채희야.

너희는 지금 각각 일곱 살, 그리고 두 살이야. 채희는 아직 돌도 되지 않았는데 해가 지나가는 바람에 나이만 먹게 되어 억울할지도 모르겠어. 만으로는 아직 다섯 살, 그리고 (이게 가능한 건지 모르겠지만) 0살이지. 너희가 이 글을 읽고 이해하게 될 때쯤에 어쩌면 이 종이는 벌써 낡고 바래고 헐거워져 있을지도 몰라. 운이 좋다면(혹은 나쁘다면) 책장 귀퉁이에서 꽤 온전한 상태의 초판을 우연히 발견하게 될 가능성도 있을 거야.

사실 아빠가 가장 싫어하는 것 중 하나는 자신을 3인칭으로 지칭하는 거야. 형이, 오빠가, 아빠가, 선생님이, (심지어) 지혁이가…… 같은 거 있잖아. 오그라들기도 하고, 권위적인 것 같기도 하고. 그런데 지금 내가 그러고 있네. 너희에게 아빠로 인정받고 싶은 무의식 때문일까? 아니면 너희 앞에서는 '나'라는 1인칭이 뭔가 어색하기 때문일까? 여전히 잘 모르겠어. 하지만 '아빠'라고 나를 지칭하면 어쩐지 너희에게 조금 더 가까이 있는 것 같은 기분이 들어. 너희에게 난 언제나 아빠일 테니까. 너희가 언제나 내 딸들이듯이. 조금 쑥스럽지만, 너희를 위해서라면 '나' 같은 건, 내가 좋아하는 1인칭 주어 같은 건 얼마든지 포기할 수 있다는 뜻으로 받아들여 주지 않을래?

아빠가 수업 시간에 자주 하는 얘기가 하나 있어. '뒤늦게 도착한 편지'. 문학이란 무엇인가를 설명할 때 하는 말인데 일종의 은유야. 정확히는 메타포에 관한 메타포지. 메타-메타포랄까? 이 말까지 알아들었다면 너희는 꽤 성장해 있을 거야. 이 말이 의미하는 바는 세 가지야. 첫째, 문학에서 의미의 전달은 항상 지연되어야 하고, 둘째, 결국 도달해야 하며, 셋째, 봉투 안에 내용이 들어 있어야 한다는 거지. 아빠가 이 책에 쓴 것이 문학일까? 아직 잘 모르겠어. 하지만 편지인 것은 맞아. 너희에게 쓴 편지. 이 책은 너희에게 보내는 아빠의 러브레터야. 언제 어떤 방식으로 너희에게 도착할지 결코 알 수 없는 연서.

하지만 아빠는 이 편지가 언젠가 너희에게 꼭 도착하기를 바라. 어쩌면 이 책에 쓰인 글자들은 그제야 비로소 문학 비슷한 것이 될지도 모르니까. 사실 아빠에겐 너희 둘이야말로 아빠 삶에 뒤늦게 도착한 편지라는 거 아니? 너희라는 편지를 받고 아빠의 삶은 완전히 바뀌었어. 이전으로는 결코 되돌아가지 못할 만큼. 이제 너희 없는 삶은 상상도 할 수 없을 만큼.

그러니 이 편지는 답장인 거야.

마지막으로 채희에게 하고 싶은 말이 있어.

사실 이 책을 쓸 때 너는 태어나지도 않았지. 아빠는 네가 태어나기 전에 이 책의 초고를 완성하느라 (조금 과장하면) 죽을 뻔했어. 엄마는 너를 4월 2일에 낳았지만 아빠는 이 책의 초고를 그 전날 밤에 낳았거든. 다음 날부턴 병원에 들어가야 했으니까. 거짓말 같은 이야기인데 하필 그날이 만우절이네.

채희야,

그러니 아빠가 이 책을 언니만을 위해 썼다고 실망하지는 마. 아마 앞으로 10년이 지나기 전에 너는 이 단어들을 읽을 수 있게 될 거고, 20년쯤 지나면 이 단어들에 담긴 의미를 아는 데 그치지 않고 너만의 평가를 내리게 되겠지. 하지만 지금 너는 코와 입으로 숨을 쉬게 된 지 고작 아홉 달밖에 되지 않았잖니?

카페에서 집에 돌아온 지금 너는 내 무릎 위에 앉아 있고, 나는 네 손가락으로 이 짧은 글의 마지막 문장들을 쓰고 있어. 언니라면 내가 자기 손가락을 내 멋대로 움직이게 내버려 두지 않을 거야. 언니는 벌써 다 커 버렸고 키보드라면 아빠보다 더 힘차게 칠 수 있거든. 하지만 너는 나에게 흔쾌히 네 손가락을 내주고 있지. 손톱 하나가 언니 목걸이에 박힌 큐빅보다 작은 너는.

그러니까 이건 너와 내가 함께 쓴 글이야.
이 책의 마지막 문장들은 우리가 썼어.

사랑해.
아빠가.

추천의 글

권희철(문학평론가)

『중급 한국어』에 삽입된, 아마도 문지혁 작가가 실제로 자신의 소설 창작 수업에서 제공해 왔을 강의노트들은 그 자체로 흥미롭고 또 우리에게 가르쳐 주는 바가 많다. 하지만 이 소설에서 가장 흥미로운 지점은 강의노트의 내용이 아니라 『중급 한국어』가 결국 자신의 강의노트를 배반한다는 데 있다. 이는 좋은 강의란 전문가들만이 독점하고 있는 완결된 지식을 초심자들에게 전수해 주는 행위가 아니라 어떤 생각들이 스스로를 밀어붙이면서 다른 생각으로 변신해 가는 과정 그 자체이자 그러한 과정에 동참하고 싶게 만드는 유혹이기 때문일 것이다.

그러니까 『중급 한국어』는 낯설고 새롭고 의미심장하고 스펙터클한 비현실/비일상으로의 여행을 통해서 현실/일상을 갱신(해야) 한다는 고전적인 이야기론에 들러붙어 있는 관념, 현실과 일상이라는 것이 그것과는 다른 차원으로부터 의미와 생동감을 수혈받아야만 간신히 살아갈 만한 뭔가가 되는 무의미하고 너절하고 지겨운 것이라는 관념을 스스로 배반한다. 소설은 의식하지 못한 채로 우리가 공유하고 있는 그 관념으로부터 출발하지만 결국 현실과 일상의 '바깥'은 없다는 것, 삶도 글쓰기도 오직 그 무의미하고 너절하고 지겨워 '보이는' 현실과 일상 안에만 있다는 것, 그 안으로 다이빙할 때에만 그 안에서 이미 변화하느라 물결치고 있는 소박하지만 애틋하고 절실한 무엇인가를 감촉할 수 있다는 것을 깨닫는 이야기가 된다.

내가 앞에서 이야기했던가. 깨달음이 아니라, 배반하고 변신하고 유혹하는 과정 그 자체가 좋은 강의를 그리고 또 무엇보다 좋은 소설을 만든다고. 『중급 한국어』가 바로 그 과정이라고.

추천의 글
박소란(시인)

소설을 읽는 내내 자주 웃었다. 특유의 지적인 위트에 감탄하며. 웃음 뒤로 찡한 통증을 느끼기도 했다. "그냥 내 이야기를 쓰자. 나를 쓰자" 하는 지혁의 결기 어린 고백을 곱씹다, 소설을 쓰는 그와 소설을 읽는 내가 닮아 있음을 알아차렸다. 어떤 문장 앞에서는 한참을 머뭇거렸다. 더듬더듬 여러 번 읽었다. 이제 와 새로 국어를 공부하는 사람처럼. 막 말을 배우기 시작한 어린 딸 '은채'처럼. 더 제대로 말하려고 애썼다. 결국 더 제대로 쓰려고. 쓴다는 것은 무엇일까. 좋은 글이란 어떤 것일까. 좋은 글을 쓰기 위해서는 좋은 삶을 향해 나아가지 않을 수 없다는 자명한 사실. "옳고 바르고 정의로운 인간이 아니라, 실패하고 어긋나고 부서진 인간"으로서. 입이 아니라 몸으로 말해 낼 진실을 위해 오늘도 다만 삶을 쓰고, 읽고, 고칠 뿐. 되풀이할 뿐. "되풀이하는 것만이 살아 있다"라고 가까스로 힘주어 이야기하기까지 한 작가가 진지하게 치러 낸 내적 분투는 더없이 숭고한 것이었다.

오늘의
젊은 작가
42

중급 한국어

문지혁 장편소설

1판 1쇄 펴냄 2023년 3월 3일
1판 4쇄 펴냄 2023년 10월 30일

지은이 문지혁
발행인 박근섭·박상준
펴낸곳 **(주)민음사**

출판등록 1966. 5. 19. 제16-490호
주소   서울시 강남구 도산대로1길 62(신사동)
         강남출판문화센터 5층(06027)
대표전화 02-515-2000 | 팩시밀리 02-515-2007
홈페이지 www.minumsa.com

ⓒ문지혁, 2023. Printed in Seoul, Korea

ISBN 978-89-374-7383-8 (04810)
ISBN 978-89-374-7300-5 (세트)